最後の思い出に一夜を共にしたら、極甘CEOの滾る熱情で最愛妻になりました

m a r m a l a d e b u n k o

若菜モモ

JN229924

マーマレード文庫

目次

最後の思い出に一夜を共にしたら、極甘CEOの滾る熱情で最愛妻になりました

最後の思い出に一夜を共にしたら、
極甘CEOの滾る熱情で最愛妻になりました

プロローグ

まだ一緒にいたい。帰国したら、私は好きでもない男性に体を差し出さなければならない。

「もう二十一時か……そろそろ送っていこう」

彬斗《あきと》さんが席を立つのを見て、私は返事をすることができないまま必死に勇気をかき集めていた。

「月乃《つきの》さん？　もしかして酔いが回った？」

「え？　は、はいっ。い、いいえ。酔ってないです」

支離滅裂になりながら、座り心地のよかった椅子《いす》から腰を上げる。

「本当に？　大丈夫かい？」

「はい。本当に大丈夫です……」

このあと、彬斗さんを驚愕《きょうがく》させてしまうことを考えているので、まともに彼の顔が見られない。

――初めて好きになった人、あなたに抱いてもらいたい……。

「ごちそうさまでした。今までごちそうしていただいたすべてがおいしかったです。彬斗さんのおかげで素晴らしいエジプト旅行になりました」

頭を下げて今日のお礼を口にした。

「俺も月乃さんのおかげで、ひとりでの味気なかった食事がおいしく食べられた」

彬斗さんは私を促し、レストランの出口に向かう。

レストランを出てエレベーターホールへ歩を進める彬斗さんのうしろ姿をじっと見つめる。

〝言うなら今よ〟と自分を鼓舞してみるものの、心臓が破裂しそうなほどドキドキするばかりで、口を開いては閉じてを繰り返すばかり。

すると、彬斗さんがふいに立ち止まり、寸でのところでぶつかりそうになった。

エレベーターを背に、彼が振り返る。

「月乃さん、デザートを食べている頃から口数が減ったし、何か気にかかることがあるように見える」

気づかわしげな視線を向けられ、顔を逸《そ》らしたくなるのをぐっと堪《こら》える。

「……本当に彬斗さんは洞察力が鋭《するど》いですね」

「いや、月乃さんがわかりやすすぎるんだ。どうかした？」

今言わなきゃ。ここで何も言わなかったら、このままホテルに送られて終わってしまう。

私は大きく息を吸うと、勇気を振り絞り口を開いた。

「あ、あの。彬斗さん、驚かないで聞いてください」

「驚かないで？　どうしたのかな？」

「こ、こんなところで話すことではないですが私を……私を、抱いてくれませんか？」

「抱く？　もちろん」

次の瞬間、彬斗さんの腕に引き寄せられて抱きしめられていた。

彼がつけている爽《さわ》やかで落ち着きのある、ウッディの上品なフレグランスの香りが鼻をくすぐる。

ああ……私がちゃんとはっきり言わないから……。

〝抱いてほしい〟がセックスに結びつかないのは、やっぱり彼は私のことを妹のようにとしか思っていないからなのね。

「あ……りがとう……ございました」

がっかりした気持ちを隠して彬斗さんから離れようとするが、どうしてか私を抱きしめる腕の力は強くなり、彼は離してくれない。

「あ、彬斗さん……？」

「月乃さん、単なるハグの意味じゃないだろう？」

わかっていたの？　……そうだよね。洞察力が優れている彬斗さんなら、私が考えていることなんて簡単にわかるのかもしれない。

「……はい。彬斗さん、今夜だけでいいんです……私を抱いてもらえませんか？」

緊張から震える声は、我ながら消え入りそうに弱々しく聞こえる。

彬斗さんの反応も、返事を聞くのも怖くて、顔をうつむけてしまう。

「い、嫌ならいいんです。男性を誘う女性に嫌悪感があるのなら……突き放してもらってかまいません」

「……君と出会えたことが大切で、俺を信用してもらえるまでゆっくり進めていこうと思っていたのに」

「え……？」

戸惑いに顔を上げれば、彬斗さんの吸い込まれそうなほどきれいないな黒い瞳が、じっと私を見下ろしていた。熱を孕《はら》んだ視線に射すくめられ、ハッと息を呑《の》む。

「おいで。俺の部屋へ行こう」

彬斗さんの指が私の指の間に交互に差し入れられ、ぎゅっと握られる。親密さが増した手の繋《つな》ぎ方にドクッと心臓が跳ねた。

やって来たエレベーターに乗り込み、彬斗さんは最上階の二十二階のボタンを押す。

何か話そうと思うのに、喉に舌が張りついてしまったみたいに動かず言葉が出てこない。心臓が今にも飛び出しそうなほどドキドキしている。

そうしているうちに、エレベーターは最上階に到着した。

エレベーターから降りると、豪華な赤い絨毯《じゅうたん》の敷かれた廊下を進み、彬斗さんは突き当たりの観音開きのドアにカードキーを差し込んでロックを解除する。

このドアを潜《くぐ》ったら、私は彬斗さんに抱かれる。

私が男の人を誘う日が来るだなんて……。

これまでの自分からは考えられないような、あまりにも大胆な行動にくらくらと眩暈《めまい》がする。緊張で足がかすかに震え、今にも膝から床にくずおれそう。

だけど、ここでひるんでいたら望みは叶《かな》えられない。

——好きになった人に抱かれたい。

それが今の私の、心からの望みなのだから。

一、突然の縁談

一月中旬の土曜日、私は中学からの親友である青野《あおの》まゆと代官山《だいかんやま》のカフェで待ち合わせをしていた。

十一時三十分の待ち合わせ時間より五分早く到着すると、まだ親友は来ていない。

ウエイターに案内され、窓側にあるふたり掛けのゆったりした低めの椅子《いす》に座って親友を待つ。

外に目を向ければ今にも雪が降りそうな曇天で、ガラス窓には憂い顔の自分の顔が映っている。

私、光本月乃《みつもとつきの》は、私立大学を卒業後、新卒で大手食品会社の総務部に入社し、今年の三月でまる二年になる二十四歳。

沈んだ表情の原因は、今朝継父《ちち》から言われた話のせいだ。

『月乃に縁談があるんだ』

なんの前触れもなく告げられた言葉の意味が飲み込めず、困惑する私にかまわず継父は話を続けた。

『なに、とても条件がいい縁談だ。お相手は林原卓也《はやしばらたくや》君といって、アミューズメント会社の二代目だ。今は専務取締役をしている、なかなかのやり手でな。そんなお相手に月乃を嫁がせることができれば私としても安心だ』

結婚なんてまだ早いと言ったのだが、継父は聞く耳を持たず、来月早々に顔合わせの段取りをしてあると口にした。

「はぁ……」

「月乃、お待たせ！」

諦めの気持ちでため息を漏《も》らした時、黒のダウンコートに同色のマフラーを首に巻いたまゆがテーブルの横に立った。

「久しぶり、まゆ。それほど待ってないよ」

彼女はマフラーを外し、ダウンコートを脱いで椅子の背に掛けてから腰掛けると、ほっそりした長い脚を組んだ。

まゆは肩甲骨ほどまであるブラウンのストレートの髪をうしろでひとつに結び、セーターとジーンズ、ショートブーツを履いている。スタイルがいいので、シンプルな装いでもおしゃれに見えるのがうらやましい。

私の髪も彼女と同じくらいの長さだが、緩くウェーノしており、今日はハーフアップにしている。

「外で手を振ったの、気づかなかったでしょ」

「え？　ごめんっ、目に入ってなかった」

「何かあった？　話聞くよ。とりあえずオーダーしようか」

まゆがスマートフォンを出し、テーブルの上にある二次元コードをかざすとメニューが画面に表示される。

ふたりでこれもいいね、あれも食べたいね、などと話をしながら画面をタップしてオーダーを済ませる。

「で、どうしたの？」

まゆが身を乗り出し、じっと顔を見つめてくる。

もやもやとした憂鬱《ゆううつ》な気持ちを吐《は》きだすように、私は重い口を開いた。

「ん……実は今朝、お継父《とう》さんから縁談があるって言われたの」

「え？　縁談？　なんでそんな話に？」

中学から大学までずっと同じだったので、まゆはわが家の事情を知っている。

私の実父は病気で亡くなっている。母が私を妊娠した時には、すでに癌《がん》で余命二年と宣告されていたらしい。病に冒《おか》されてつらいのに、父は亡くなる直前まで赤ちゃんの私をとてもかわいがってくれたという。

私が五歳の時、母が今の継父と再婚した。身近に大人の男性がいなかったせいか、再婚当初、私は継父に懐けなかった。

しかし、継父は旅行やピクニックなど頻繁に遊びに連れ出してくれ、次第に優しくかまってくれる継父に私も慣れていった。

再婚後、すぐに母は妊娠し異父妹《いもうと》が生まれた。

妹の名前は美玖《みく》。現在十九歳の大学二年生。アイドルになれそうなほどかわいい見た目の自慢の妹だ。

母は年の離れたこの妹に愛情を注ぎ、「月乃はお姉ちゃんなんだから、いつでも妹に譲る気持ちを持って美玖を大切にしなさい」と私に言い聞かせてきた。

天真爛漫《らんまん》な妹は、常に両親の注目を集め愛されていた。

子どもの頃は、それがうらやましいと思ったこともある。

美玖ちゃんを溺愛《できあい》していた母が心疾患を患い亡くなったのは、私が二十歳の秋。

以来、継父と妹の三人で暮らしている。

しかし、母が亡くなってから継父の優しさは以前ほどではなく、家事など家のことは大学生の私にすべて任されることになった。

美玖ちゃんは高校受験を控え、学業に専念したいということで、一切手伝わない。だけどずっと甘やかされていたし、それも仕方ないと思っていた。私にとってかわいい妹なのだから。

母が亡くなり四年経った今でも家事全般は私が担い、会社から帰宅後にこなしている。食事は作り置きおかずを活用しながらで、退勤が遅くなった時や用事がある時は自由に食べてもらっていた。

今の私には自由がほとんどなく、家を出てひとり暮らしをしてみたいと思ってはみるものの、継父と美玖ちゃんの家事能力を考えると実行できずにいる現在だった。

そんな折り、継父からの縁談話だ。

まゆは縁談と聞いて、心底驚いている。

「お見合いなんて今どきあるのね。マッチングアプリで結婚するカップルも増えていると言うけど、親からの縁談話って時代錯誤じゃない？」

私が沈んでいるのをくみ取って、寄り添った言葉をかけてくれる。

「私もびっくりしたの……」

先に運ばれてきたカフェラテを一口飲むと、甘さが口の中に広がってほっと息を吐《つ》く。

「嫌なら断れないの？」

「母の死後、血も繋《つな》がっていないのに、大学まで行かせてもらっているし……」

「それでも戸籍に入っているんだから月乃は光本家の一員よ。面倒を見てもらうのは当然。むしろ、月乃のほうが光本家に尽くしているわ。実の娘には家事はさせずに好き放題。月乃はよくやっているわ。私だったらさっさと家を出てるもの」

自分のことのように憤慨するまゆが、パッと表情を明るくさせた。

「そうよ、お見合いが嫌なら、この機会に家を出るって手もあるわよ？」

私がひとり暮らしをしたいと思っているのも、まゆは知っている。

本当に縁談を断って、家を出る勇気があるのか。

迷い悩み眉を下げる私にまゆは話を続ける。

「まあ、一度会ってみるのもいいかもね。アミューズメント会社の専務だなんて、結婚したら経済的には困らなそうだし。どんな人かにもよるけどさ」

「そうよね。まずは会ってみなければわからないし、私はきれいじゃないし、ごく平凡な私を相手が気に入らないかもしれないものね」

「何言ってんの。月乃はきれいよ？　透明感のあるちょっと儚《はかな》い感じがあって。私が男だったら絶対にお嫁さんにしている」

まゆのおだてにくすっと笑ってしまう。

「儚い感じって……そんなんじゃないよ。けっこう図太いし」

「ううん。月乃は思慮深いし、言いたいことも相手のことを考えてすぐに呑《の》み込んじゃうでしょ。雰囲気《ふんいき》が儚いのよ。なんていうのかな……そう、高嶺《たかね》の花！　だから学生時代、男子たちも気軽に誘えなかったのよ」

家の手伝いもあって、あまり自由がなかったせいで、今まで恋愛経験は乏《とぼ》しい。

初めて告白されて付き合い始めたのは大学一年生の時だったが、毎回デートに誘われても都合がつかなくて幻滅されたのだと思う。だんだんと連絡が途絶え、自然消滅が今まで二回あった。

実質、五本の指で足りるくらいのデートはしたが、深い仲にはならなかった。

「これまで恋愛をちゃんとしていないのに、縁談のお相手とお付き合いなんてできるのかな……」

そう言ったところで、私が頼んだクラブハウスサンドと、まゆの頼んだふわふわとろとろのオムライスが運ばれてきた。

まゆは店員に取り皿とスプーンをお願いして持ってきてもらう。

「おいしそう！　いただきます。月乃もオムライス食べて」

私たちはいつも別メニューを頼んでシェアをする。

「クラブハウスサンドもね」

「サンキュー」

まゆは私の皿から鶏肉や野菜がたっぷり入った一切れを取って口に運ぶ。

私もクラブハウスサンドをかじる。シャキッとしたレタスに新鮮なトマト、柔らかくジューシーなチキンがとてもおいしい。

「でさ、恋愛なんて本能よ。その人が好きだと思ったら、積極的になれるわよ。生理的に受け付けなかったら、お継父《とう》さんに断ってもらえばいいわ」

「そうよね。絶対に結婚しなさいって言われているわけじゃないんだから、気軽に会ってみるのがいいかもね」

「そうそう。じゃあ、エジプト旅行の話をしようよ」

まゆと三月にエジプト旅行の予約をしている。継父は渋々だったけれど、なんとか了承してくれた。

彼女と私は勤めている会社は違うが、新年度になる前に年次休暇をある程度消化しなくてはならず、中学生の頃から世界史の教科書に載っていたエジプト文明に興味があって、一度現地でピラミッドや博物館を見てみたいと思っていたことから、ふたりで行くことになったのだ。

私は海外旅行が初めてだが、まゆは家族と何度も旅行していているので頼りにしている。

私だけだったら、パッケージツアーを頼んでいるところだけれど、それはそれで高くなる。だけどまゆと一緒なので、格安で行けるＡＩＲ＆ＨＯＴＥＬで予約をしている。

エジプトは観光客にすぐたかる物売りが多いようで、特にギザのピラミッド観光にはガイドがいないと大変だと聞いていたこともあり、オプショナルツアーを申し込んでいた。それと、飛行機利用のルクソールの日帰りも頼んでいる。

まだ社会人になって二年だから、それほど貯金もないので一週間の貧乏旅行だ。

「ほんと楽しみ」

ガイドブックも購入して何度も読み返している。

「食事も楽しみだよね。でも生水だけは絶対にだめだから、向こうでミネラルウォーターを頻繁に買わなきゃね」

カイロの日中の気温は二十二度と、思ったより暑くないが、ミネラルウォーターのペットボトルは常に持ち歩いたほうがいいらしい。

「おなかが痛くなるのだけは絶対にだめ。観光もできなくなるし。体調には気をつけなきゃね」

そんなことになったら、せっかくのエジプト旅行が台無しになってしまう。

「うん。本当に細心の注意を払おうね」

そう言って、まゆはオムライスをスプーンですくってパクッと口の中に入れた。


カフェを出たあと、ふたりで代官山のショップをぶらぶらして、日が暮れる前に自宅に帰宅した。

まゆは夕方から同僚の彼と約束があったし、私も夕食の支度をしなければならなかったから。

リビングに入ると、スーパーマーケットで買い込んだ食材の入った重いエコバッグをダイニングテーブルに置く。

「ううっ……寒かった」

マフラーとロングのチェスターコートを脱ぐ前に、暖房のスイッチを押して部屋が暖まるのを待つ。

目黒《めぐろ》区にある自宅は二階建ての４ＬＤＫで、母と再婚した時に中小企業クラスの建築業を経営する継父の会社が建てたものだ。

継父と美玖ちゃんは朝から外出していて、家にはいない。

大学生の美玖ちゃんは友人と外食することも多いけれど、継父は必ず夕食を家で食べる。

三人そろえばお鍋で温まりたかったが、美玖ちゃんが何時に戻るかわからないため、今日の夕食はカレーとサラダにした。

手洗いとうがいを済ませてから、買ってきたものを冷蔵庫にしまい、カレー作りに取り掛かる。

にんじんを乱切りしながら、まゆとの会話を思い返す。

お見合いまであと二週間。

彼女の助言どおり、相手に会ってみなければ人となりはわからないし、向こうからお断りされることもあるのだから、もっと気を楽にしようと思っている。

とはいえ、いい人でありますようにと願わずにはいられない。

下準備ができてカレーを煮込んでいるうちに、継父が帰ってきた。

継父がリビングに入ってくると、タバコの臭いがかすかに鼻についた。

「おかえりなさい」

「ただいま。今日はカレーか？」

「はい。あと五分もすれば食べられます」

母と再婚した当初は小さかったから敬語ではなかったが、小学校高学年くらいから使い始めたと記憶している。

「先に風呂に入る」

「わかりました。準備しておきます」

自室へ向かう継父の背中に声をかけ、私はお風呂の準備に取り掛かる。

継父はタバコは吸わないのだが、最近は休日になると服に臭いがついているように感じる。

どこへ行っているのだろう……。

継父は普段会社から直帰する際には特にタバコの臭いは漂ってこない。

継父には継父の付き合いがあるから、気にする必要はないのだが。

テーブルにふたり分のプレイスマットを用意していると、お風呂からあがった継父がパジャマの上にカーディガンを羽織りながら近づいてきた。

「美玖はまだか？」

「はい。今日は大学のお友達と遊ぶと言っていました」

「久しぶりに三人でテーブルを囲みたかったが、仕方ないな」

美玖ちゃんの姿がなくて継父は寂しそうだ。

「三人そろったらお鍋にしようと思っていたのですが」

「それは美玖と私に対しての嫌味か？」

「え？」

苛立《いらだ》ちを含んだ声に驚き、おずおずと継父を見れば、むっつりと不機嫌そうに顔をしかめている。

私の何気ない言葉が継父の気に障ってしまったようだ。

「自分は出掛けても戻って来て料理を作るのに、美玖は何もしないと？　それを許す私にも文句があるんだろう？」

「いえ！　そうじゃないです。ただ三人で食べるお鍋もいいなと思っただけです」

慌てて理由を話すと、継父の顔つきが和らぐ。

「……そうか。いや、すまない。そうだよな。寒い日は鍋もいい」

わかってくれたようで、ほっと安堵《あんど》する。

それから黙って食事をし、ほぼ食べ終えたところで、継父がカーディガンのポケットから何かを取り出し、私の手に握らせた。

お金だった。

困惑しながら、手にしたお札と継父の顔を交互に見やる。

「どうしたんですか？」

生活にかかる費用はクレジットカードを使用し、毎月継父に帳簿を見せている。

「これで見合いに着ていく服を買いなさい」

「いえ、ちょっとしたよそゆきのワンピースならありますから……」

「いやいや、なんと言っても卓也君は専務取締役だ。目も肥えているだろう。新調したワンピースにしたほうがいい」

「でも……」

「五万じゃ足りないか？　それなら部屋から取ってこよう」

椅子から腰を浮かす継父を慌てて止める。

「いいえ、充分です。ありがとうございます」

急いで頭を下げると、継父は満足そうに頷《うなず》いて腰を下ろした。

「月乃は地味だからな、華やかなワンピースを買いなさい」

「……わかりました」

たしかに持っている服は色味を抑えたものが多い。

華やかなワンピースを選ぶのは難しそうだが、せっかくなので明日は出掛けて探してこよう。

食事後、お風呂に入って部屋で髪にドライヤーをかけていると、ドアが開いて美玖ちゃんが顔を覗《のぞ》かせた。

ドライヤーを止めて振り返る。

「月《つき》ちゃん、おなか空いたの」

「おかえり、美玖ちゃん。お友達と食べてこなかったの?」

「少し食べたけど、あまりおいしくなかったから。月ちゃんが作った料理のほうがおいしいし」

にっこり笑う美玖ちゃんに、私はやれやれと思いながらも悪い気はしない。

「すぐ下へ行くね」

「はーい」

ドアが閉まり階段を下りる音が聞こえてくる。

ドライヤーをさっとかけて終わらせると、パジャマの上にカーディガンを羽織って部屋を出た。

カレーを温めるくらいのことは、料理が苦手な人でもできるはずなのだが、甘えられるとついなんでもしてあげたくなってしまう。

ほどほどにしないと、美玖ちゃんのためにならないのはわかっているのだけれど。

階段を下りてリビングへ行くと、美玖ちゃんはソファに座りテレビを見ていた継父と話をしていた。

継父は目じりを下げて「そうか、そうか」と、うれしそうに美玖ちゃんの話に相槌《あいづち》を打っている。

楽しそうに会話するふたりを横目に、私はキッチンへ入りカレーを温め、冷蔵庫からサラダを取り出しカウンターの上に置いた。

温まったカレールーをお茶碗に半分ほどのご飯の量にかけると、サラダと一緒にテーブルの上に並べる。

美容に気をつけている美玖ちゃんは水や麦茶よりも白湯《さゆ》を好むので、カップに用意しているうちに、テーブルへ来て椅子に座っていた。

「月ちゃん、ありがとう。いただきます」

「食べ終えたお皿はシンクに水を張って浸けておいてね」

「うん」

美玖ちゃんは一度頷いてから食べ始めるが、すぐにスプーンを持ったまま私を呼び止めた。

「あ、月ちゃん、お見合いするんだって？　相手はアミューズメント会社の専務って、すごいね。どんな人だろう～！　私にセレブなお義兄《にい》さんができるのね」

無邪気な笑顔でそう言われ、私は肩をすくめて苦笑する。

「まだ結婚するって決まっていないわ。それに、お相手が断ってくるかもしれないでしょ」

「ううん、そんなこと絶対ない。月ちゃんは家庭的で料理もバッチリだから、きっと気に入られるよ。カレーおいしい。あまり食べてこなくてよかった～」

美玖ちゃんはにっこり笑って、カレーを口に運んだ。

私が勤務している大手食品会社は中央区《ちゅうおうく》にあり、冷凍食品事業やレトルト食品事業、その他、様々な加工食品を提供している。

入社後は総務部に配属され、理解ある上司や先輩、後輩との関係も良好で、なんの憂いもなく働けている。

仕事はとても楽しい。自宅が窮屈な分、仕事をしている時が私らしく過ごせている気がする。

残業もほとんどなく、通勤時間も自宅から四十分程度で、十八時に退社して十九時には家に帰れるのもいい。

たいてい継父は二十時頃の帰宅で、美玖ちゃんは社会経験のつもりでカフェのアルバイトをしているので、それぞれの帰宅時間はまちまちだ。


暦の上では春とはいえ、まだまだ寒さの厳しい二月。

週末にお見合いを控えた金曜日、私は社屋の二階にある社員食堂で、同期でもある経理部の斎藤《さいとう》さんと一緒にランチをとっていた。

社員食堂は、わが社の冷凍食品やレトルト食品に手を加えた種類が豊富なメニューが自慢だ。

「来月、エジプトに行くんだったよね？」

斎藤さんに聞かれて、お茶を一口飲んでから頷いた。

「そうなの、三月七日の金曜日、仕事を終えてから夜の便でね」

「いいな～私もピラミッドを間近で見てみたいわ」

「斎藤さんも興味があるの？」

「あるある。私もいつか行きたいから、帰って来たらいろいろ教えてね。写真も見たいわ」

「きれいに撮れるかわからないけど、いっぱい撮ってくるわね」

食事を終え、お喋《しゃべ》りしながらコーヒーを飲んでいると、あと五分で休憩が終わる時間になっていた。


翌日の土曜日は、明日がお見合いということもあって、なんだか憂鬱だった。

継父から知らされたのは、十二時に新宿《しんじゅく》の外資系ホテルの三十階にあるフレンチレストランで、ふたりだけで顔合わせを行う段取りになっているということだけ。

お見合いによくある釣《つ》り書きのようなものはなく、林原さんの写真もなければ年齢もわからないまま。

アミューズメント会社の二代目で、専務取締役だというくらいの情報しかないから、どんな人なのか気になってなかなか寝付けない夜を過ごした。

四時間ほどの睡眠で、頭が少しぼんやりしたまま朝食の準備をする。

ダイニングテーブルには継父と美玖ちゃんもそれぞれの席についていて、久しぶりに三人そろっての食事だ。

「月ちゃん、今日のお見合い楽しみだね」

「んー、そうだねぇ……」

楽しみじゃないから、曖昧《あいまい》に返す。

「月乃、卓也君にくれぐれも失礼のないようにな」

継父からもにこやかに言われ、この際、気にかかっていたことを尋ねてみようと口を開いた。

「あの、お継父さんと林原さんはどのような関係なのでしょうか？」

「どのような……？」

一瞬、継父は困惑した表情になったが、すぐに納得したようにひとつ頷いた。

「ああ、彼は友人の息子さんだ」

「お話をいただいた時、アミューズメント会社の二代目と言っていたので、社長さんが父親ですよね？」

「そのとおりだ。以前仕事関係で知り合ってから親しくしているんだが……根掘り葉掘りとなんだね？」

継父は気を悪くした様子になり、慌てて首を振る。

「パパ、月ちゃんが知りたいと思うのは当然よ。まったく知らない人と会うんだもの。私だって情報を耳に入れておきたいわ」

美玖ちゃんの助け船で、継父は「そうだな」と渋々頷く。

「とにかく素晴らしい男性だから、気を楽にして行ってきなさい」

「月ちゃん、頑張ってね」

美玖ちゃんが両手を拳《こぶし》にして、体の前で数回縦に振って応援してくれるのが微笑《ほほえ》ましい。

「十一時には出ます」

慣れない場所なので、時間に余裕を持って出掛けるつもりだった。


継父がお金を出してくれたワンピースは、あの翌日に買いに出掛けた。

紺地に細めの赤のストライプが入ったワンピースで、ウエストのベルトは赤だから、少しは華やかな装いになったのではないかと思う。

季節がら、暖色系や黒、グレーを選びがちなので、悩んだ挙げ句の購入だった。

襟はなくボートネックなので、短めのゴールドのネックレスをつけている。チェーンだけのシンプルなネックレスは元は母のものだ。

髪型は普段のようにハーフアップにした。

出勤時は薄いメイクだが、今日はしっかり目にメイクを施す。最後にローズピンクのリップを塗って、お出掛け用のクリーム色のカシミヤコートを羽織った。

このコートは高かったが、去年の冬のボーナスで買ったものだ。汚れやすいので、通勤の時は別の量販店で買ったカーキのロング丈のチェスターコートを着ている。

一度鏡で自分の姿を見てから、ブラウンのバッグを手にして部屋を出た。


新宿駅で電車を降り、指定のホテルにはスマートフォンで確認しながら向かっていると、メッセージアプリがメッセージの到着を告げる。

まゆからだった。

【今日はお見合いだね。複雑な心境だと思うけど、とりあえず気を楽にね】

頑張ってと、言わないところがまゆらしい。

【ちょうどホテルに着いたところ。すでにドキドキしてる。とりあえず会ってくる】

和むかなと思って、まゆの使った〝とりあえず〟を入れて、メッセージを返信した。

すぐに彼女からの手を振るウサギのスタンプが届き、フッと笑みを漏らし、スマートフォンをバッグにしまった。

腕時計を見ると、待ち合わせの時間より十分ほど早いが、エレベーターに乗った。

フレンチレストランはすぐにわかり、入り口で「林原さんの名前で予約を」とスタッフに告げる。

まだ林原さんは到着しておらず、気持ちを落ち着ける時間が持てたことに胸を撫《な》で下ろす。

休日の店内はほどほどに席が埋まっているが、静かで落ち着いた雰囲気の中、スタッフに窓側の四人掛けのテーブル席に案内された。

窓からの日差しを受け、白いテーブルクロスが眩《まぶ》しい。

今日は私の心とは裏腹に冬晴れだ。

着席して眼下に広がる新宿の街を眺《なが》めているうちに、約束の十二時になった。

まだ林原さんは姿を見せない。

いっそこのまま来なければいいのにとさえ思ってしまう。

それから十分後、林原さんと思《おぼ》しき男性がスタッフに案内されてテーブルに現れた。

すぐさま席を立ってお辞儀をするが、彼は私の顔をシルバーフレームの眼鏡の奥の一重の目でちらりと見遣《みや》り椅子に座る。

タバコの臭いが染みついているのか、漂う香りに顔をしかめそうになってしまう。

挨拶《あいさつ》や約束の時間に遅れた謝罪の一言もない林原さんに当惑するし、想像していた人と違っていた。

目の前に座る男性は四十代後半に見える。

「光本月乃さんでしょう？　座ってください」

命令するのに慣れている口調に困惑しつつ、黙って椅子に腰を下ろす。

彼はスーツを着ているものの、会社員が着るようなかっちりした感じではなく、ベージュのスーツに派手な柄のネクタイをしている。

まるでテレビで観るようなインテリヤクザ風だ。

お見合い相手は、生理的に苦手な人だった。

「林原卓也です。お父さんから娘をぜひともと言われてね」

継父が……ぜひとも……？

「すみません。状況がわからないのですが、先日、突然林原さんとの縁談を継父《ちち》から聞かされただけで……」

「まあね、ちょっとした取り決めがあって、お父さんから娘をもらってくれないかと言われたんですよ」

スタッフから渡されたメニュー表へ視線を落としながら言われ、適当にあしらわれている印象を受ける。

「ちょっとした取り決め……？　それはなんでしょうか？」

怪訝《けげん》に思い尋ねると、林原さんはメニュー表から顔を上げて私を注視する。

その目つきは鋭《するど》くて、蛇に睨《にら》まれた蛙《かえる》みたいな気持ちになった。

林原さんはニヤリと口元を歪《ゆが》める。

「それは言えないんですよ。僕もあなたを妻にと言われ、写真を見たら亡くなった妻にあなたが似ていてね。月乃さんなら妻にしてもいいと思ったんです」

「私が亡くなった奥様に……。あの、私はまだ結婚する気がないので、林原さんからお断りしていただけませんか」

継父から私を押し付けられたと言っている。だったら、断ってもらえれば破談になって一件落着だ。

「食事をしましょう。コースでいいですね」

林原さんは私のお願いを無視して、何が食べたいかも聞かずにウエイターを呼ぶと、勝手にコース料理を頼んだ。

すぐにワゴンがテーブルの横につけられる。

氷がたっぷり入ったアイスクーラーから覗くのは、スパークリングワインの瓶だ。

「飲めるでしょう？　スパークリングワインで乾杯しましょう」

アルコールはそれほど強いわけではなく、ビール二杯程度なら大丈夫なレベルだ。よく知りもしない相手のことを決めつけて話す人なのだと、なおさらこの人との結婚は考えられない。

ウエイターがフルートグラスにスパークリングワインを注いだところで、林原さんはグラスを手にして軽く掲げる。

「これからのふたりに」

その言葉に背筋がゾクリとなる。

沸き上がる嫌悪感を押し隠して、形だけの乾杯をすると、フルートグラスに口をつけた。

「月乃さんは、あ、僕のことは下の名前で呼んでください。卓也ですよ」

「……わかりました」

「月乃さんはお料理が上手だと聞きました。まあまあきれいだし、妻になってもらってもいいと第一印象で思ったんですが」

ですが……？　その続きは……？

林原さんの次の言葉を待っていると、前菜が運ばれてきた。

彼の興味は前菜にいってしまったようだ。

「ああ、これはおいしそうだ。どうぞ、あなたも食べてください」

「……いただきます」

ナイフとフォークを持ち、ジュレのかかったカルパッチョをいただく。

とてもおいしいが、林原さんが先ほど何を言おうとしていたのか気になって、じっくり味わえない。

もう一度、縁談を断ってもらうように言わなくては。

「林原さん、」

「卓也ですよ」

「す、すみません。卓也さん、先ほども申しましたが、私はまだまだ仕事を楽しみたいので結婚なんて考えていないんです。なので、どうか断ってください」

真摯《しんし》に頭を下げる。

「あなたは今、二十四でしたよね？　社会人になってまる二年が経とうとしている。まだ仕事をしたいと思うのも無理はない。ですが、働かずとも好きなだけおこづかいはあげますよ。僕の年齢が気になるのかな？　四十五です。あなたとは二十一歳差になりますが、まだまだ現役ですよ」

　恋愛経験がない私には、彼が何を言っているのかわからない。とにかく年齢差に唖《あ》然《ぜん》となった。五十代前半の継父とあまり変わらない年齢だ。

「……いいえ、おこづかいだなんて。私は働きたいんです」

「それは困りましたね。僕は妻になる人には専業主婦になっていただきたい」

「では、破談にしてください。林原さんならおモテになるはずです。お願いします」

　再度、頭を下げて頼む。

「まあ、月乃さんを妻にしても、父親の借金が戻ってくるわけではないですからね。金を払ってもらったほうがずっといい」

「え!? 借金が？　どういうことなんですか？」

　驚きすぎて手足が震えてくる。

　会社の経営状態が、知らない間に悪くなっていたのだろうか。

「おっと、これは話してはいけない約束でした。ほら、次の料理が出せないですよ。そんな顔をしていないで、早く食べてください」

　話してはいけない約束？　彼に借金をしている継父が、私を嫁がせることで借金を免除してもらおうとしているの？

あまりのひどい話にぎゅっと眉根が寄る。

「月乃さんが妻になれば、一生家政婦に支払う金が浮くので、光本さんからの見合い話を了承したんですよ。こっちにも選ぶ権利がありますから、どんな女だろうと思ったら、なかなかの合格点で……あなたとなら結婚してもいいかな」

ニヤニヤと下品な笑みを浮かべる彼の言葉に、絶望から目の前が真っ暗になる。

私は結婚しても家政婦代わりなの？

こんな人の妻になっても、幸せにはなれないだろう。

継父に対しても憤《いきどお》る。

義理とはいえ、娘を身売りするなんて……。

その事実に胸が締め付けられ痛みを覚えた。

「継父はいくら借金をしているのですか？」

「ここまで話しちゃってるからいいか。ギャンブル好きさは我を忘れるから怖いな」

「ギャ、ギャンブル？」

思わず目を剥《む》いた。

会社の経営が原因ではなく、まさかギャンブルだなんて。

金額を聞くのが怖い。

林原さんは私のほうに身を乗り出し、冷ややかな笑みを浮かべると声を低くして囁《ささや》いた。

「そう。とあるところで開催しているカジノでね」

冷酷な視線に晒《さら》され、ぶるりと体が震える。

アミューズメント会社って、カジノを運営しているってこと？

継父はとんでもない人に借金をしているのではないだろうか。

「カジノって……違法ですよね」

「そうですね。だけど月乃さんはバラさないと信じていますよ。でないと、あなた方一家が大変な目に遭う」

「脅《おど》すんですか？」

「いえいえ。妻になる人を脅すなんてことはしませんよ。お、メインがきましたね」

ウエイターがメインディッシュの仔羊《こひつじ》の骨付きステーキを運んできた。

私たちの前に皿を置いたウエイターは料理の説明をしてから、フルートグラスにスパークリングワインを満たして立ち去る。

継父のあのタバコの臭いは、林原さんとの付き合いや、カジノに出入りしていたからだと気づく。

「食べないんですか？」

ハッと我に返ると、林原さんは仔羊肉をナイフで切っているところだ。

「借金はいくらなのでしょうか？」

「それは内緒ってことで。いくらなんでもあれこれ暴露したら、お父さんの面目が立たない」

「面目が立たないって、すでに私を借金のかたに」

「しーっ、物騒な話を周囲に聞かれたら困りますよ」

林原さんは人差し指を口元にやって、私を黙らせた。

車のクラクションの音にビクッとして立ち止まると、目の前を軽自動車が走り去っていく。

林原さんとホテルのロビーで別れてから、駅に向かわずにあてもなく歩いていたところだった。

帰りがけ、ホテルの部屋に誘われたが、断固として断った。

『衝撃的な話を聞いて処理しきれていないようですね。セックスをするのはまたの機会に』

林原さんは下卑た笑みを浮かべ、地下駐車場へ向かうエレベーターに乗り去っていった。

露骨《ろこつ》な物言いに心臓が嫌な音を立て、嫌悪を堪《こら》えるように唇を噛《か》む。

無理やり誘われなくてよかった。

それにしても地下駐車場へ向かうのはどういうこと？　アルコールを飲んでいるのに車で来たの？

それほど飲んではいないけれど、カジノだなんて違法で道理に反した仕事をしているのだから、警察に捕まるようなことはしないだろう。運転手が待っているのかもしれない。

強引に部屋に連れていかれずに安堵したが、これからどうなるのか不安に襲われ、自分でも平常心を失っているのがわかる。

継父がギャンブラーだったなんて……しかもおそらく高額な借金を林原さんにしている。

どうすればいいの……？

こんなこと、まゆにだって相談できない。

違法だとわかっていることに関わっているせいで、余計に他人に話してはいけない思いに駆られる。

ひとえに継父を思ってのことだ。

だけど、私を林原さんのような人と結婚させて借金を消そうとしているなんて、ひどい父親だ。

結婚は絶対にしたくない。

あんな風に他人を軽んじて、まっとうな仕事していない相手とは特に。

でも、結婚しなかったとしたら、継父はどうなるの？

頭の中が混乱しすぎて、吹き付ける冷たい風を浴びても、寒さはまったく感じなかった。

あてもなく歩いていると地下鉄の駅を見つけ、そこから電車に乗って最寄り駅に到着する。

地上に出るとすでに日は傾いていて、辺りは薄暗くなっていた。

継父と顔を合わせるのが嫌でしょうがないけれど、帰らないわけにもいかない。

ため息を押し殺し、暗い気持ちで駅を後にした。

「ただいま」

玄関でパンプスを脱いでいると、一階にある自室から間髪《かんはつ》入れずに継父が出てきた。

「どうだったんだ？　うまくいったか？　卓也君は何か言っていたか？」

「……うまくいったか、わからないです。疲れたので休ませてもらっていいですか？

夕食は作ってあるので」

「あ、ああ……わかった」

継父は林原さんとどうなったか知りたそうだが、まずは休ませてくれるようだ。

重い足取りで二階へ上がり部屋に入ると、ベッドにどさりと腰を下ろす。

継父に借金のことを聞くべきか、知らないふりをするべきか……。

カシミヤのコートのボタンを外しながら、ぼんやり考える。

お母さん……私はどうすればいい……？

立ち上がり脱いだコートをハンガーに掛けて、クローゼットへ持っていく。

ついでにワンピースも脱いで、部屋着に着替えた。

どんなつもりで五万円も渡したのか、今になってやっとわかった。林原さんが断らないように、私を着飾らせたかったのだ。

借金をしているのに、五万円も出すなんて！

昨夜は疲れているし眠いはずなのにいろいろと考えすぎてしまって、なかなか寝付けなかった。

それでも朝はやって来る。いつもどおりの時間に起きると、三人分の朝食の準備をする。

朝食ができた頃、継父と美玖ちゃんが起きてきた。

「おはよ。月ちゃん、目玉焼きが食べたい」

「美玖ちゃん、おはよう。目玉焼きね、ちょっと待ってて」

継父に昨日のことを聞かれるのを長引かせたいから、美玖ちゃんのリクエストはありがたい。

キッチンへ戻ると、彼女好みの黄身の固さの目玉焼きを作る。

作り終えて目玉焼きの載った皿を持って、美玖ちゃんの前に置いてから着席する。

「月乃、昨日はかなり疲れていたようじゃないか。どうかしたのかね？」

「知らない人との食事だったので、神経を使ったみたいで疲れたんです」

「卓也君に気に入られたかね？　結婚の約束は？」

「まだそこまで話をしていません。気に入られたかはわからないです」

「……そうか」

がっかりしたような顔になる継父だ。

「パパ、初めて会ったんだから、すぐに結婚の約束なんてできないわ。何回かデートをしてからじゃない？」

「そ、そうだな。月乃、卓也君と連絡を取って出掛けなさい。こっちの食事はかまわないから」

連絡……か。デザートを食べ終えたあと、強引に連絡先を交換させられた。電話がかかって来ないのを祈るばかりだ。

でも、自分のことばかり考えていられない。

どんなに腹が立っても、継父にとって一大事なのだから。


その後、林原さんからの連絡はなく三月に入った。

だいぶ寒さも和らいできている。

林原さんと早く会うようにと、継父にせっつかれる毎日だった。向こうから連絡がないのに、私から取るつもりはない。

土曜日の今日はまゆとエジプト旅行の打ち合わせと称して、ランチをする。渋谷《しぶや》のコーヒーショップに十一時の待ち合わせだ。

林原さんからの連絡はないのだから、きっと彼は縁談を断るつもりなのだと思う。

でも、そうなったら継父はどうなるのだろう。

あとで調べたが、彼の会社である〝株式会社　林原アミューズメント〟は、都内を中心にパチンコ店やカラオケ店を運営していた。

違法カジノも運営しているのだから、ヤクザまがいの危ない会社だと思う。

今思えば、よく林原さんと話ができたものだ。

普通だったら、怖くて絶対に近寄らない。

この先どうすればいいのか。

継父の借金を知ってからずっと頭にあって、気づけばそのことばかり考えてしまうけど、今日はまゆと会うのだから、頭の隅に置いて楽しもう。

もうすぐ待ちに待ったエジプト旅行なのだ。

一週間後に控えた旅行のことを考えると、落ち込んでいた気持ちも浮上する。

支度を済ませて玄関でパンプスを履いていると、自室にいた継父が落ち着かない様子で出てきた。心なしか顔色が悪いように見える。

「出掛けるのか？　卓也君とか？」

「いいえ。青野さんです」

「ああ、旅行へ一緒に行く友人か……。なあ、卓也君から連絡はないのか？」

「はい。私を気に入らなかったのだと思います」

「いや、そんなはずはない。私のところにもなんの連絡もないからな……きっと忙しいのだろう」

今日は土曜日だ。継父は違法カジノへ行くのだろうか。ううん。多額な借金をしているのだから、行かないよね？

そのことを口にできず「夕方に戻ります」と言って、玄関を出た。

借金が払えなかったら、うちは大変な目に遭うと……林原さんはそう言っていた。

やっと気持ちが浮上したところだったのに、あっという間に逆戻りだ。

もやもやした気持ちを抱えて駅に向かっていると、チェスターコートのポケットに入れていたスマートフォンが振動した。

手にして「あ！」と、一瞬固まる。

林原さんからの着信だった。

無視するわけにもいかず、道の端に寄って立ち止まると、通話をタップして耳に当てた。

「もしもし」

《月乃さん、これから迎えに行きます》
　え？
「ちょ、ちょっと待ってください。今日は友人と出掛けているんです。突然言われても困ります」
《そうでしたか。それならご友人の後にでもかまいませんが？》
「ご用件があるなら今おっしゃってください」
《あなたのお父さんですが、性懲りもなく借金を重ねているんですよ》
「ええっ!?　もしかしてギャンブルですか？　まだやっているのですか!?　どうして止めてくれないんですか！」
　思わず大きな声を出してしまい、ここが路上だったと慌てて口を噤《つぐ》む。
《そう言われても、こっちも商売なんで仕方ないですよ》
　楽しそうな声色に憤り、スマートフォンを握る手に力がこもる。
「借金の金額を教えてください」
　行き交う人がいるので、声を落として尋ねる。
《教えてもいいですが、今から言う金額だけではなく、おそらく会社の金にも手をつけているはずですよ》

会社のお金も……？
《二億です。月乃さんが決断しなければ、どんどん利子がかさんでいきますよ》
「ちょ、ちょっと待ってください。利子がかさむって」
背筋に冷や汗が流れそうなくらい、震えが走った。
《金を借りていたら当たり前のことですよ。妥協案をあげましょう。僕との結婚に躊《ちゅう》躇《ちょ》するのであれば、愛人ではいかがでしょう？》
「愛人？」
《あなたの体はそそられる。あなたを僕のおもちゃにすることで借金は帳消しにしてあげてもいいですよ》
おもちゃ……。
目の前が真っ暗になって頭がくらくらしてくる。
《僕としてもこれから先、本当に愛する女性が現れた場合、月乃さんの存在が邪魔になることがあるかもしれない。愛人だとしても妊娠した場合は子どもを産んでもいいですし、お望みどおり仕事も続けられる。ただし、そんな扱いが嫌であれば結婚でもいいですよ。もしもの時は離婚すればいいだけだ》
これは最後通告だ。心臓をぎゅっと掴《つか》まれたように胸が苦しくなる。

《これだけ妥協しているんですから、断る選択はないものと思っていますよ。ただしあなたに飽《あ》きたら、他の男のおもちゃになることも念頭に置いてください》
「ほ、他の男？　そんな！」
《月乃さんの意思に任せます》
「……今月いっぱい……考えさせてください」
そう口にするのが精いっぱいだった。
《わかりました。では三月末まで、ということで待ちましょう》
「もう継父にはギャンブルをさせないでください」
会社のお金にまで手をつけているだなんて……。
恐れていたことが起きてしまった。
継父はギャンブル依存症だ。これはれっきとした病気で、病院で診てもらわなければならない。
《僕がいる時はやめさせましょう。ですが、それ以外はわからないですね》
「お……お断りした場合は……？」
《そうですねぇ。お父さんの臓器を売って金にするしかないですね。それじゃあ》
通話がプツンと切れた。

ああ、やっぱり危険な人だったのだ。

林原さんの電話で時間を取られてしまったせいで、待ち合わせのコーヒーショップに着いた時にはまゆがすでに席についていた。

「遅くなってごめん」

両手を合わせて謝ると、まゆは「私も来たばかりだから大丈夫」とおおらかに笑う。まゆの前にはカフェオレがあり、私もカウンターへ行きホットコーヒーを買ってくる。

いつもはカフェオレだが、頭をシャキッとさせたくてブラックにした。

カップを持って席に戻ると、まゆが首を傾《かし》げる。

「ブラックなんてめずらしいね」

「うん。ちょっと飲みたくなって」

小さく笑みを浮かべるが、引きつった笑いになっていないか心配になり、バッグからハンカチを取り出す振りをしてうつむいた。

「いよいよ来週の金曜日ね。月乃と一緒に旅行ができるなんてほんとうれしい」

「うん。きっと最高に楽しいね」

林原さんに待ってもらう期限は三月いっぱい。

考えるのは帰国してからにして、たくさん楽しまなければ。

羽田《はねだ》空港の出発時間は二十三時五十五分。少し早めの待ち合わせで二十一時にチェックインカウンターで、などとスマートフォンのメモ機能に打ち込んでいると、まゆの持っているスマートフォンが着信を告げる。

「あ、家から電話だわ。ちょっと待ってて」

通話をタップしながらまゆは席を立って、店外へ向かおうと数歩歩いたところで突然「ええっ！　おばあちゃんが！」と叫《さけ》びに近い声を上げた。

おばあちゃんが……？　どうかしたの？

私のほうへ振り返ったまゆの表情は呆然《ぼうぜん》としていた。

しばらく電話のやり取りは続き、通話を切ったまゆが席に戻って来ると、力なく椅子に座る。

まゆは泣きそうだ。

「どうしたの……？　おばあちゃんに何かあったの？」

「……うん。函館《はこだて》に住んでいたおばあちゃんが一時間前に亡くなったって」

「まゆ、残念だね。お悔やみ申し上げます」

「ありがとう。突然だったからびっくりした……あ！　お通夜が金曜で、告別式が翌日って……」

まゆが青ざめる。

「じゃあ、旅行は……だめだね」

「月乃、ごめんっ」

顔の前で両手を合わせてまゆは謝る。

「謝らないで。これぱかりは仕方ないよ」

頼りのまゆが行けないとなると、旅行は中止するしかないだろう。

「私は行けないけど、月乃はひとりで不安だと思うよ。でも行ってほしい。私のせいで楽しみだったエジプト旅行ができなくなるのは嫌だよ」

「でも……ひとりじゃ……怖いな」

行きたいのはやまやまだが、初めての海外旅行でエジプトはハードルが高い。

「じゃあ！　今から一緒に行ってくれる人を探せばいいわ。航空会社には名前変更をお願いしてみるから。私のせいだから、旅行費も戻らなくていいから。今からキャンセルしても五十％は戻ってこないしね」

「そんな……まゆが気の毒だわ」

やはり行かないほうがいい。

「私のことはいいの。また予定を立てればいいんだし」

「う……ん。でも、誰が一緒に行ってくれるか……」

「あ！　美玖ちゃんは？　大学生なら社会人よりも自由があるし」

「美玖ちゃんは、エジプトに興味があるかどうか……」

継父にエジプト旅行の話をした時、彼女は『エジプト～？　私ならパリのほうがいいわ』と興味なさげに言っていた。

やはりキャンセルをしようか……。

「いちおう話してみたら？　前にソウルへ行ったって言ってたよね？　パスポートは持ってるでしょう」

「……そうだね、聞いてみる」

継父が美玖ちゃんを行かせてくれるかも不安だが、聞くだけ聞いてみよう。

まゆは祖母が亡くなったものの、火葬場が混んでいるため通夜が約一週間も待たなくてはならないので慌てて帰らなくてもいいと、コーヒーショップを出たあとは一緒にランチを食べに行った。

その後、いつものように夕方になるとまゆと別れて帰宅した。

継父と美玖ちゃんはまだ戻っていなかったので、夕食の支度をしながらエジプト旅行のことをじっくり考えることができた。

美玖ちゃんに一緒に行くか聞いてみる。行かないと言うならひとりで行こう。

スマートフォンの翻訳アプリを使えば、ある程度は言葉が通じるだろうし、なんとかなるはず。

この先、二度と行くことは叶《かな》わないかもしれないから、今行ける時にエジプトを訪れなくては、のちのち後悔するはずだ。

そう結論を出した。

それにしても、継父はどこへ行っているのだろう……。

違法カジノじゃないと思いたい。だけど継父は今も借金を重ねていると言っていたから……不安でしかない。

二十時過ぎ、昼間のアルバイトのあと、友人と会っていた美玖ちゃんが帰宅した。

「ただいま。月ちゃん、今日の夕食は？」

「おかえりなさい。ハンバーグとミネストローネスープよ」

洗面所へ行きかけた美玖ちゃんがぴたっと立ち止まり、うれしそうな顔で振り返る。

「月ちゃんのハンバーグ大好きよ。手を洗ってくる。あ、パパは？」

「まだなの。先に食べましょう」

そう言ってキッチンへ入ってスープを温め、できたものをテーブルに運ぶ。

食事中に、さっそくエジプト旅行の件を話した。

「エジプトかぁ～、海外旅行はしたいけど、どうしようかな。あ、ピラミッドとスフィンクスは見てみたいかも。友達に自慢できるし」

「美玖ちゃんが行けなくてもかまわないわ。思いきってひとりで行ってくるから。初めての海外旅行でひとりだから不安もあって聞いてみたの」

「月ちゃん、すごい行動力！」

美玖ちゃんは目を丸くしてから、大きく切ったハンバーグを口に入れる。

「不安でいっぱいなんだけどね。でも、せっかく会社にも休暇の届け出を出しているし、行かなかったらお金がもったいないし。何よりも憧れだったエジプトのいろいろなものを見てみたいの」

「月ちゃんの熱量で、私も行きたくなったよ。うん。一緒に行くわ」

にっこり笑う美玖ちゃんに、ほっと安心する。

「ありがとう。一緒に行ってくれるならうれしい。でもね、問題はお継父さんが美玖ちゃんの旅行を許してくれるかなの」

「私から話すから大丈夫だよ。今日が無理だったら、明日の朝にでもお願いしてみるね」

継父はまだ帰宅しない。何をしているのか心配でしょうがない。

その日は二十二時過ぎに継父は帰宅したのがわかったが、階下へ降りていく気にはなれなかった。


翌日、朝食の席で美玖ちゃんがエジプト旅行の話をした。

継父は美玖ちゃんが同行するのを、苦虫を噛み潰《つぶ》したような顔をしながらも、渋々了承してくれた。

「月乃、美玖のことをしっかり面倒見るんだぞ」

言われなくてもそのつもりだ。

妹の面倒はしっかり見るが、初めての海外旅行だから珍道中になるのは間違いないだろう。

「はい。美玖ちゃんを危ない目には遭わせません」

継父に約束すると、美玖ちゃんが呆《あき》れている。

「もー、パパ。小さな子どもじゃないんだから」

「お前はいつまで経っても私の小さな子どもだよ」

継父は美玖ちゃんに笑みを向ける。

そんな笑みが私に向けられたのは母が生きていた頃だけだ。

母が亡くなってからは、いつも私に対してはしかめっ面だった。

二、憧れのエジプト旅行

金曜日の夜、美玖《みく》ちゃんがいるので継父《ちち》が羽田《はねだ》空港まで車で送ってくれた。二億もの借金をしているのに、平然と生活しているのは、やはり継父は病気なのかもしれない。

車をパーキングに止めて、空港の中へ継父も見送りのために一緒に来る。美玖ちゃんが心配なようだ。大事な愛娘《まなむすめ》を一週間も自分の手に届かないところへ行かせるのは、私が親だとしても心配だ。

自動チェックインの機械ではなく、カウンターで今回搭乗するフライトのチェックインをする。

空港での流れはまゆから教えてもらっていて、頭に入っている。キャリーケースを預けたら、手荷物検査場だ。

すでに二十二時近く、空港内は思ったより空いているように思える。初めてなのでよくわからないが。

「じゃあ、気をつけて行ってくるんだよ。美玖。月乃《つきの》、お前は美玖より五歳も年上なんだから、良識を持って美玖を危ない目に遭わせないよう気を配るんだぞ」

「はい。留意します」

注意よりも強い言葉で約束する。

「パパ、月《つき》ちゃんより私のほうが海外旅行は経験があるんだから、きっと私が面倒を見るんじゃないかな」

「ハハハ、そうだな。美玖がいれば月乃も心強いはずだ」

「では、行ってまいります」

継父に挨拶《あいさつ》をしてから、美玖ちゃんとともに手荷物検査場へ歩を進めた。

「飛行機ってワクワクしちゃうね」

私は修学旅行と社員旅行で乗った国内線しか経験はないが、たった二時間でさえも飛んでいる間はずっと緊張していた。

今回のフライトはドーハ経由でカイロ到着まで十八時間三十五分もかかる。初体験だから、気が遠くなるほどの時間に思える。

でも、それも旅行の醍醐味《だいごみ》だと、緊張はぬぐえないが楽しみでもある。この旅行の間だけは、林原《はやしばら》さんのことは考えないで楽しもう。

『ご搭乗ありがとうございます。当機は離陸の準備が整いました。シートベルトをしっかりと締め、座席の背もたれを元の位置に戻して、テーブルを収納してください。また、電子機器は飛行機モードに設定のうえ、ご利用いただけます。フライト中、快適にお過ごしいただけるよう、当機のクルーが皆様をサポートいたします。どうぞお気軽にお声がけください。それでは、素晴らしい空の旅をお楽しみください。まもなく離陸いたします』

エコノミークラスの窓側に私は座り、英語とアラビア語、そして日本語での機内アナウンスを聞いている。三人の席の通路側に誰も来なかったので、ゆったりしたいと美玖ちゃんが私と席を交換したのだ。

いよいよ離陸……。

そう思ったら、緊張で心臓がバクバクしてきた。

窓の外には誘導灯が見え、とてもきれいだと思えるが、機体が上昇する浮遊感と不安感……あの感覚は慣れない。

旅客機が動き出し滑走路に出ると、スピードをどんどん上げてふわっと機体が浮いた。

「わぁ……」

小さな窓の向こうには、まるで宝石をちりばめたように輝く都市の明かりが広がって、思わず声が漏《も》れる。

暗闇の中でその光は一層際立ち、絵画のような美しさに息を呑《の》む。

「美玖ちゃん、きれいよ」

「う～ん、興味ない。眠いから少し眠るね。機内食が来たら起こして」

美玖ちゃんはピンク色のアイマスクをして、すでにリラックスモードのようだ。

この景色を見ないなんてもったいない。

あんなに月や星が近く見えるなんて……！

夜とはいえ、地上からは見られない空からの素晴らしい光景を目にして、乗り慣れない飛行機の緊張感がほぐれていく。

素敵《すてき》な旅になりますように。

キラキラと光る地上の光と空に浮かぶ星に向かって、私は心から願った。

しばらくするとシートベルトサインが消えて、CA《キャビンアテンダント》たちが動き出す。

中東の航空会社なので、ＣＡは外国人ばかり。東洋人はひとりだけ見かけた。機内アナウンスで流れた淀みない日本語は、あの人が担当したのかもしれない。英語に興味があり大学では英文科に在籍し、いちおう英語での簡単なコミュニケーションは取れるが、エジプトの公用語はアラビア語なので、公共の場所以外はスマートフォンの翻訳アプリに頼るしかないかも。

機内食が提供され始めたので、美玖ちゃんを起こす。アイマスクを外すと、とろんと眠そうな目だ。

機内食がテーブルに置かれ、美玖ちゃんはさっそく蓋《ふた》を開けていく。

「おいしそう。夕食を軽く食べただけだから、おなか空いたね」

「そうね。この時間に食べるのは罪悪感があるけど、旅行なんだからかまわないわね」

メニューはグリーンサラダにバルサミコのドレッシングが小袋で添えられ、メインはビリヤニとレンズ豆、グリルチキンのトマトソースパスタだ。

デザートはチョコレートケーキといちごで、どれもおいしそうだ。

美玖ちゃんはさっそくスマートフォンで写真を撮っている。

私もスマートフォンを出して、記念にと機内食を写した。

予定どおりドーハの空港に到着し、乗り継ぎの待ち時間を過ごす中で、異国の地にいるという実感がじわじわと湧いてきた。

壮大な砂漠の風景や、独特なアラビア文化に触れられるこの瞬間も、ずっとワクワクが止まらない。

美玖ちゃんも待ち時間にショップなどを見て、現地のポテトチップスやチョコレートを買っていた。

再びカイロ行きのフライトに搭乗し着席したあと、なかなか離陸しないので心配だったが、三十分が経って無事に飛行機は飛び立ちほっとした。

高度が上がるにつれて、眼下に広がるのは広大な砂漠地帯だ。

カイロに到着したら、どんな景色が待っているのだろう？

膨らむ期待と、ちゃんとホテルまでの送迎が待っているのか、三十分遅れたから大丈夫なのかという不安を抱え、カイロ国際空港への到着を心待ちにした。

離陸が遅れたので、現地時間三月八日、定刻より三十分遅れの十一時十分にカイロ国際空港に到着した。

機体が滑走路に無事に着陸した時は胸を撫《な》で下ろした。

美玖ちゃんは長時間の行程に早くも不服そうだ。

入国審査を終えてキャリーケースを受け取り、税関で荷物検査後、到着ロビーにたどり着いた。

「思ったより暑くなくて過ごしやすいわね」

カイロの三月の平均気温は二十三度くらいで過ごしやすそうだ。

「もっと暑いのかと思ってた。ちょっとテンション下がるな～」

「暑いと体力を消耗しちゃって疲れるから、これくらいがベストだと思うわ」

キャリーケースを引きながら、まゆが予約してくれたツアー会社の迎えの人を探す。

あちこちで浅黒い髭《ひげ》の中東の男性が、旅行客の名前が書かれたボードを掲げているが、私たちの名前は見当たらない。

「月ちゃん、大丈夫？　迎えの人いないの？」

「え？　う、うん……でも、ちゃんと予約しているし……外で待っているのかな……とりあえず出てみようか」

キョロキョロと、自分たちの名前の書かれたボードを持っているツアー会社の人を探しながら外へ出た途端、カジュアルなシャツとデニムを履いた数名の男性たちが話しかけながら近づいてくる。

アラビア語だろうか。まったくわからなくてスマートフォンの翻訳アプリをタップする間もなく、キャリーケースを持っていかれそうになる。

タクシーのような車を指差しているので、ドライバーのようだ。

「月ちゃん！　この人たちなんなのっ！」

美玖ちゃんのキャリーケースも運ばれそうになるところを、必死に「Ｎｏ！」と言っている。

「ホテル、マデ？　アノクルマデ、イキマショウ」

片言の日本語を話すドライバーがいて驚く。

その時、その場を静まらせるような威厳に満ちた声音のアラビア語が、私たちの背後から聞こえてきた。

『彼女たちには迎えがいる。向こうへ行くんだ』

アラビア語だろうか。何を言ったのかわからないが、私たちを取り囲むように勧誘していたドライバーたちが蜂の子を散らすように一斉にいなくなる。

先に振り返った美玖ちゃんが「月ちゃん、すっごいイケメン」と言って、私の腕を軽く叩《たた》く。

美玖ちゃんの、ところかまわずなんでも口にする癖はたまに困る。

どうか彼が日本語がわかりませんように。

そう願いながら振り返ると、目の前にチャコールグレーのスーツを着用した、東洋人の男性が立っていた。年齢は三十歳くらいだろうか。

美玖ちゃんの言うとおり、目鼻立ちの整った素敵《すてき》な男性だ。

とにかくお礼を言わなくては。

「Thank you. You've been a great help」(ありがとうございます。助かりました)

この男性が英語を話すのかもわからないまま口にしていた。

すると、男性は端正な顔に笑みを浮かべる。

「俺は日本人です」

少し低めの声に聞き惚《ほ》れてしまいそうだ。

「あ……、すみません。本当に助かりました。突然荷物を持っていかれそうになって困って……」

「あの！」

私の言葉をさえぎって、美玖ちゃんが一歩男性に近づくと、「さっきの言葉はアラビア語ですか？　話せるなんてすごいですね。ありがとうございました」と、屈託ない笑顔を向ける。

男性は「ああ、アラビア語だよ」と美玖ちゃんへ視線を向けてから、私に戻す。

美玖ちゃんのかわいさを、なんとも思っていないようだ。

「君たちはパッケージツアーじゃないのかな？」

彼は憂慮した顔で私に尋ねる。

「パッケージツアーじゃありません。飛行機とホテルのみで。でも、ホテルまでの送迎を待っていたのですが見つからなくて……」

「ツアー会社の連絡先はわかる？」

「はい」

ノートに貼りつけたツアー会社の連絡先を男性に見せる。その手のひら大のノートには、エジプトの観光地や遺跡などをまとめていた。

すると、彼はスマートフォンをジャケットのポケットから取り出して、ツアー会社の番号へ電話をかける。

電話までしてもらって申し訳ないと思いつつ、助け船がありがたくて愁眉を開く。

彼は流れるようなアラビア語で相手と話をして、通話を切った。

「連絡はついたから安心して。ここに来るように伝えたから」

「ありがとうございます。もう、月ちゃんったら、全然頼りにならないんだから」

美玖ちゃんは彼に深く頭を下げる。

たしかに、面倒を見ると言ったのに、旅の最初から不甲斐《ふがい》なかった。

「美玖ちゃん、ごめんね」

そう謝ってから、男性に向き直る。

「ツアー会社に連絡までしてくださり本当に助かりました」

「役に立ててよかった。ところで、この国は物売りや勧誘が激しい。目的は観光？」

「はいっ、そうです」

美玖ちゃんが答えてくれる。

「ピラミッドの予定は入っていると思う。もしふたりで行くつもりなら、今の様子では断り切れないだろう。オプショナルツアーを勧める」

「月ちゃん、そう言っているけど？」

行程をさらっと流し読みしている美玖ちゃんはわかっていない。

「物売りなどが激しいと聞いていたので、ピラミッド観光とルクソールへはオプショナルツアーを申し込みました。ご心配ありがとうございます」

「それなら大丈夫だな。また物売りに囲まれたら、怖い顔をして強くＮｏと言うように」

見本を見せるような怖い顔がおかしくて、思わず笑みがこぼれる。

そこへ一台のバンが停まって、先ほどの男性たちと似通った雰囲気《ふんいき》のドライバーが降りてきた。

男性はみんな髭を生やしていて、こっちの人たちの年齢はよくわからない。

ドライバーは私たちを助けてくれた男性と話をしている。彼は私たちのキャリーケースをドライバーに示している。運ぶように言っているのだろう。

「この車で君たちをホテルまで送ってくれる。この運転手はフライトがディレイしたから、少し離れた場所で昼寝をしていたらしい」

ドライバーはキャリーケース二個をバンのうしろに積み込んでいる。

「そうだったんですね。本当に助かりました。ありがとうございました」

「困っている時はお互い様だ。気をつけて旅を楽しんで。じゃあ」

そう言って、彼は私たちの元から立ち去った。

「ドウゾ、ノッテクダサイ」

ドライバーが片言の日本語を口にしたので、肩の力が少し抜ける。

美玖ちゃんが乗り込んだあとに私も車内へ入る。

「あの人、すごいスペックの持ち主ね」

「すごいスペック？」

「私が今まで会ったことのないイケメンだし、アラビア語は堪能だし、助けてくれて名乗らずに去るなんてかっこいいし、絶対に心身ともに余裕がある人よ。あのスーツ見た？　おそらくオーダーメイドだと思う。体にフィットしていたもの」

たしかに会社の男性たちが着ているスーツとはまったく違うように見えた。

身なりもよく、物腰も話し方も洗練されていた。彼は自分に自信があるけれど、それをひけらかさないようにしているように感じた。

「本当に助かったね。気持ちを引き締めて行動しなきゃね」

「あの人が来てくれなかったら、どうなっていたことか。それもこの人が昼寝なんてしていたせいよ」

美玖ちゃんはドライバーを睨《にら》みつける。

「もう、美玖ちゃんたらっ、そんなこと言っちゃだめよ。日本語がわかるかもしれないし」

ドライバーの耳に届いていませんように。

カイロ国際空港からダウンタウンへ向かう道のりは、歴史と現代が交錯するエキゾチックな風景だった。

エジプトの乾燥した大地と青い空が印象的で、少しずつ街が賑《にぎ》わっているような印象を受ける。

道沿いには、古代と現代が共存するような建物が並び、カラフルな商店やカフェが見えてきた。

美玖ちゃんはさほど興味がなさそうで、ぼんやり車窓を眺《なが》めている。

楽しんでくれたらいいな……。

しばらく走っているとナイル川が視界に広がり、その両岸には緑豊かな公園や高層ビルが立ち並んでいるのが見えてくる。

ネットで調べた時、夕暮れ時のナイル川を写した写真があって、川面が黄金色に輝き、とても美しい景色だった。

直接見てみたいな。

だんだんと車や人の流れが増え、活気あふれる街並みになってきた。

古い建物と新しい建物が入り交じり、歴史を感じさせる一方で、現代的なものもあって、憧れだったエジプトに来られたのだとありありと実感し、笑みを深めた。

四十分後、車は宿泊ホテルに到着した。

このスーペリアクラスのホテルはカイロのダウンタウン地区にあり、エジプト考古学博物館へも徒歩十分と交通の便がいいし、朝食も付いている。宿泊費も希望どおりで「最高だね」と、まゆと決めたホテルだ。

ピラミッド観光は明日を予定している。このツアー会社が主催なので、ドライバーは朝九時に迎えに来ると言って去っていった。

美玖ちゃんはキャリーケースをよいしょっと持ち上げて、数段の階段を上がる。

ホテル内は清潔感があり、こぢんまりしたロビーの壁に沿って三つのソファが置かれている。

美玖ちゃんはロビーをぐるりと見回す。

「思ったよりいい感じ。部屋はきれいかな？　汚かったら最悪だもの」

「写真ではきれいだったわ」

最高ランクのホテルではないから、美玖ちゃんの反応が気になる。お眼鏡にかなわなかったら、不機嫌になってしまいそうだ。

英語のできるフロントスタッフに対応してもらい、チェックインの手続きをする。

しかし、時刻はまだ十三時三十分を回ったところで、清掃も終わっておらず、十五時にならないとチェックインはできないと言う。

仕方ない。この近辺はショッピングもできるとあったので、ここで待つよりも出掛けて楽しもう。

美玖ちゃんにそう話すと、「シャワー浴びたかったのに」と口にするが、部屋に入れないことには希望は通せない。

渋々と、フロントにキャリーケースを預けて外に出た。

「バッグに気をつけてね」

「もちろんわかってる。月ちゃんのほうが私よりおっとりしているんだから、気をつけてよね」

美玖ちゃんの言葉はもっともだ。

私はカーディガンの下にショルダーバッグをかけていて、美玖ちゃんもデニムジャケットの下にボディバッグを身に付けている。

どちらかというと、バッグが体から少し離れている私のほうが危ないかも。

パスポートやクレジットカード、お金のすべてがまだ入ったままだから、用心に用心を重ねて気をつけよう。

スマートフォンの地図アプリで近辺の地図を出して、徒歩五分ほどのタハリール広場へ向かう。

そこはカイロの中心部に位置して、広々としたスペースと緑豊かなエリアが広がっているようだ。

周囲に立ち並ぶ古めかしい建物や現代的なビル群が目に入った。

広場の中央には自由の像が立ち、観光客や地元の人々が集まって賑わっている。

「月ちゃん、喉渇いた」

「私もよ。カフェを探して入ろうか」

「賛成！」

広場を抜けて大通りを歩くと、道沿いにはカフェやレストランが立ち並んでいた。

安全そうなカフェに入店すると、香ばしいコーヒーの香りが漂ってくる。

高い天井に大きな窓があり外の光が差し込んでいて、壁にはエジプトの伝統的な装飾が施されている。カラフルなタペストリーやアートもいっぱいに飾られている素敵なカフェだ。

「まあまあね」

どうやら美玖ちゃんは、店内の雰囲気に満足した様子だ。

カフェのテーブルには様々な人種が座り、楽しげに会話を交わしている。

白人や東洋人もいるので、おそらく観光客かな。

カウンターの中では男性がコーヒーを淹《い》れており、エスプレッソマシンの音が店内に響いている。

ヒジャブを頭につけている若い女性に案内されて席に座り、メニューを見る。

英語で書かれたメニューには、エジプト特有の飲み物やスナックが記されていた。

「エジプシャンコーヒーって、どんなんだろう?」

美玖ちゃんがメニューを指差す。

先ほどの女性を呼び止めて聞くと、特に甘くて濃厚なコーヒーらしい。

私たちはそれに決めて、一緒にガイドブックに載っていたバクラヴァをオーダーする。

バクラヴァは薄い何層もの生地に、ピスタチオ、クルミ、アーモンドなどのナッツを挟んで焼き上げ、砂糖や蜂蜜をベースにした甘いシロップをかけたサクサクとした食感の甘いお菓子だ。

カイロに来たら食べたかったスイーツのひとつで、運ばれてきてさっそく食べ始めたが、想像以上に甘すぎると内心思ってしまう。

意外にも美玖ちゃんは、おいしそうに食べていた。

カフェでひと休みしたあと、近くの市場《スーク》まで行ってみた。そこには今まで目にしたことのない、色鮮《あざ》やかな布地や何十種類もの香辛料、ハーブ、手作りアクセサリーなどが並んでいて、独特の香りと雰囲気を楽しめた。

私も美玖ちゃんも見るものすべてに興奮して、写真を何枚も撮った。


ホテルに戻ったのは十五時過ぎで、無事に部屋に通された。

「はぁ〜、クタクタ〜」

ダブルベッドがふたつあるツインルームで、割と広くて居心地がよさそうだ。掃除も行き届いているようで清潔感もある。

バスタブはないが、シャワーで充分だ。

カーディガンを脱いでショルダーバッグを外す。ずっと肩にかけていたので、荷物がないとスッキリする。

「私、シャワー浴びてくる」

美玖ちゃんはさっそくキャリーケースを開いて着替えを出すと、シャワールームへ消えていく。

ひとりになって椅子《いす》に腰を下ろして夕食のことを考える。

ホテル近くのファストフード店にしようかな。

今日は日本を離れて飛行機に乗っている時間が長かったから、思いのほか疲れている。

早くピラミッドを近くで見てみたいな。

無事に到着したことを継父にメッセージで送っておく。

東京はカイロより六時間進んでいるから、二十二時前になる。しかし、継父から返事はなく、違法カジノへ行っていないか気になってしまう。

警察に通報できたらどんなにいいか……。

でも違法カジノが行われている場所は知らないし、通報したら継父は捕まることになる。

その前に林原さんからの報復があるかもしれないし、通報できる状態ではない。

妻か愛人か……。

法に違反している人の妻になれば、もしもの場合、私だってどうなるかわからない。

愛人になっても、その先飽《あ》きられたら……。

嫌な想像にゾクリと背筋が凍りつく。

結局は体が目的なのだ。

私なんかよりも、もっとずっとずっときれいな人やナイスバディの人が世の中にはたくさんいるのに。

林原さんのことを考えたせいで、念願のエジプト旅行だというのに気持ちが沈む。

バタンッ！

シャワールームのドアが大きな音を立てて、美玖ちゃんが出てきた。

「もー！　水圧が悪すぎ！　髪の毛を洗うのに時間がかかりすぎよ」

髪の毛をタオルで拭《ふ》きながら私のところへやって来る。

「月ちゃん、苦情入れて！」

「水圧が低いの？」

椅子から立ち上がってシャワールームへ足を運び、コックを捻《ひね》る。たしかにお湯の出は悪いが、絶対に流せないわけではない。

「いちおうフロントに言ってみるわ」

海外旅行の経験がないから、こんなことでフロントに連絡してもいいのかわからないが、美玖ちゃんがものすごい剣幕なので、とりあえず聞いてみようとベッドの間にある電話のところへ行く。

フロントはなかなか電話に出ない。ようやく繋《つな》がり英語でシャワーの水圧が悪いと話してみたが、『うちのホテルはすべての部屋がそうなんです』と言われてしまった。

美玖ちゃんにその旨を伝えると、思いっきり「もう！」とため息を吐かれてしまった。

「申し訳ないけど我慢してね」

「しょうがないな」

不機嫌さはなくならないが、妥協してくれたようだ。

「夕食だけど、今日はファストフードでいい？」

「うん。食べたらもう寝たい」

彼女は食べたいハンバーガーと飲み物を口にする。

「じゃあ、今買ってくるから待ってて」

部屋へ入ってから外していたショルダーバッグをもう一度肩に提げ、カーディガンを羽織る。

「あ、月ちゃん、Ｗｉ‐Ｆｉは無料だったよね？」

「そうよ。設定できる？」

「あったりまえじゃん。大学生よ？」

美玖ちゃんはボディバッグを持ってベッドに寝そべり、私は鍵を持って部屋を出た。

ひとりで街を歩くのは少し怖かったが、まだ明るいしさっき通った道なので安心感はある。

水も買ってこなきゃね。

翌日はずっと楽しみにしていたピラミッド観光で、目が覚めた時から気分が高揚している。

浮き浮きしているのが美玖ちゃんにもわかって、「月ちゃん、本当にピラミッドが見たいんだね」と笑われた。

ピラミッドだけではなくスフィンクスやその他の遺跡も、もうすぐこの目で見られるなんて夢のようだ。

今日の私たちの服装は、ジーンズと長袖の襟付きのシャツにショルダーバッグ、昨日ファストフード店へ行く前にスーパーを見つけて買ったミネラルウォーターのペットボトルが四本入ったエコバッグを肩から提げる。

美玖ちゃんは半袖のTシャツの上にデニムジャケットを羽織る。

ホテルでの朝食後、九時前にロビーへ下りると、昨日のツアー会社のバスが迎えに来た。

すでに六人ほど参加者が乗っていたが、全員が外国人だ。

美玖ちゃんと真ん中あたりの座席に並んで座る。

他にも別のホテルに立ち寄りながら、参加者をピックアップし全員がそろうと『これからギザへ向かう』と、ガイドさんが英語で説明する。

参加者は十五名で、私たちを除いて全員が西洋人だ。

ガイドさんがギザのピラミッドまでは一時間三十分ほどかかると言っている。

少し郊外に進むと建物の密度が減って、広大な砂漠地帯が見えてきた。

道の両側には砂丘が広がり、同じような景色が続く。

こんな広大な景色は、今まで見たことがないので、なんとなく心に静けさをもたらしてくれる感覚を覚える。

やがて、遠くに巨大なピラミッドが見えてきた。

「わぁ……」

車窓からだがピラミッドを目にし、感動する。他の参加者からも感嘆の声が聞こえてくる。

まゆもどんなに見たかっただろう……。

その威厳ある姿が近づくにつれ、歴史の重みを感じずにはいられない。

ラクダに乗った観光客や、土産物を売る地元の人々がいて、独特のエキゾチックな雰囲気が漂っている。

期待と興奮で心臓がドキドキする！

バスから降りると、風で砂ぼこりが立つ。

「いたっ！　ううっ、砂が顔に当たるよ」

美玖ちゃんは顔をしかめる。

「サングラスをかけたら？」

「そうする」

美玖ちゃんはボディバッグから眼鏡ケースを取り出して、薄茶色のレンズの入ったサングラスを取り出してかける。

ガイドさんの案内に従い、参加者がメインゲートから中へ歩を進める。

物売りはガイドさんがいるおかげで近づいてくる気配はなく、私たちは大ピラミッドへ向かって歩く。

広がる壮大な景色を楽しみながら、徐々に近づいてくる圧倒的なピラミッドの姿に心躍る。

スマートフォンで写真を撮りながら、そびえ立つ巨大なピラミッドまですぐそばのところに来て、言葉もなく見上げる。

巨大な石が積み重ねられたクフ王のピラミッド。その圧倒的な存在感に息を呑《の》んだ。

「ここに立っている自分が、信じられない……」

これまで何度も写真や映像で見てきたが、実際に目の当たりにすると、その壮大さに心が震える。

数千年前に建てられたこの石の巨塔が、今もなおこんなにも美しく立ち続けていることに、言葉にならない感動を覚えた。

内部を観光するが、美玖ちゃんは「狭い、息苦しい」と文句を言っている。

狭いところはあるが、息苦しさは感じない。

美玖ちゃんは今回の旅行に同行してくれたが、パリのほうがいいと言っていたくらいなので、遺跡には興味はさほどないのだ。

付き合わせてしまって申し訳ないと思いつつ、観光を続ける。

たくさんの感動をして、内部から出てスフィンクスへ向かう。

スフィンクスを少し離れたところから眺《なが》めて、その神秘的な表情に引き込まれるような気持ちになった。

時間の流れを感じさせるその顔は、無数の歴史を見守り続けてきた証であり、その深遠な歴史の一部に触れていることを実感した。

夢中になって何枚も写真を撮る。

古代の人々が、どれほどの情熱と知恵を注いでこれらを築いたのか……それを想像すると胸が熱くなる。現代の技術をもってしても、これほどの偉業を達成するのは難しいだろう。

偉大なる場所に立つことで、自分の小ささと同時に、歴史の大きさを痛感した。

ここに刻まれた時間の流れに比べれば、自分の悩みや困難など、ほんの一瞬の出来事に過ぎないのかもしれない。

この瞬間を大切に心に刻みつけ、人生の新たな目標を見つけたような気がした。

「オジョウサン、ラクダニ、ノリマセンカ？」

片言の日本語でエジプト人男性が近づいて来て勧誘してくる。

ツアー客はずいぶん先にいて、単独の私たちに客引きが始まったようだ。

すぐそこに大きなラクダが繋がれていて興味を引かれるが、美玖ちゃんは「臭い」と言って嫌な顔をしている。

たしかに動物だから匂いはする。

ラクダに乗るのは諦めるが、次から次へと勧誘されて、「Ｎｏ！」と言い続けて喉がカラカラだ。

ラクダ以外でも、物売りがこぞってやって来る。

とある男性は色鮮やかなスカーフや小さなピラミッドの模型を手に持ち、笑顔で『特別価格だよ！』と英語で声をかけてくる。

物売りたちの目つきは鋭《するど》く、観光客のわずかな反応も見逃さないようだ。

断っても断っても彼らは諦めず、「オカイドクダヨ！　ホカデハ、コンナキンガクデ、カエナイヨ！」と、どうやって日本語を覚えたのかしつこく言い続ける。

「あ～うるさいんだからっ。ガイドはどこにいるの？」

美玖ちゃんは手を振って追い払おうとする。

おばあさんは、手作りのアクセサリーを持って「コレ、トテモ、ウツクシイ、デシヨウ？」と話しかけてきて、手に商品を押し付けるようにして見せてくる。

断ると、彼女は悲しそうな顔をして「オネガイ」と頼み込んでくる。

かわいそうになって買おうかと考えた時、美玖ちゃんが口を開く。

「月ちゃん、ひとつ買ったら他の物売りがこぞって押し付けてくるからね」

たしかにそうだ。

彼らの背後には生活のために必死に働く姿が見え隠れしているが、「ごめんなさい」と謝って、その場を離れた。

「あそこにガイドがいるよ」

ガイドさんは私たちを捜していたようで、こちらに手を振っている。

「月ちゃん、行こう」

美玖ちゃんが歩き出した瞬間、目に入っていなかった大きめの石につまずいて派手に転んだ。

「美玖ちゃん！」

「いったぁい！」

顔から倒れ込んでしまって、全身砂だらけになっている。

「大丈夫？　怪我《けが》は？」

彼女の体にかかった砂を叩《はた》いて落とすが、美玖ちゃんは私の肩に手を置いて体重をかけてくる。

「右足首、ズキズキする。なんであんなところに石があるのよ！」

皆が見ているところで転んでしまい、恥ずかしさもあるのだろう、顔をしかめて泣きそうだった。

そこへガイドさんが走ってやって来た。

『怪我は？』

英語で尋ねられて、右足首を痛めたようだと説明する。

「バスに戻って、とりあえず水で冷やさなきゃ」

『湿布は持っていますよ。バスにあります』

ガイドさんは他の参加者にお土産屋でのショッピングをするように勧めてから、私と美玖ちゃんを支えてバスに戻った。

座席に座らせてからスニーカーを脱がせて、ガイドさんがバッグから出した湿布を貼ろうとするが、美玖ちゃんは「自分でやる！」と私の手から奪う。

ガイドさんがあと二十分で出発だと私に教えてから、参加者の元へ戻っていく。

美玖ちゃんは湿布を貼り終えると、体を縮こまらせデニムジャケットを頭からかぶってしまった。

「美玖ちゃん、どうしたの？　骨が心配だから病院へ行く？」

「行かない。……月ちゃんは観光してきていいんだよ」

「そんな、美玖ちゃんを残していけないわ。ねえ顔を見せて」

もっと見学をしたい気持ちはやまやまだが、ゲートから出てしまったのでもう入れないし、美玖ちゃんが心配だ。

「どうしたの？　腫《は》れてきた感じ？」

「もうっ、こんなところ全然楽しくない。月ちゃんは楽しみにしていたんだから存分に観光して」

そう言って、黙り込んでしまった。

困ったものだ……タクシーでホテルへ帰ろうか。でもここからだとどのくらい金額がかかるかわからない。

そう考えているうちに、参加者が戻って来た。

通路を通り過ぎる時、西洋人の年配の女性が『大丈夫？』と尋ねてきたので、『はい。大丈夫です』と答えた。

このあとの行程は、ランチを挟んでカイロで一番大きなモスクのアル＝アズハル・モスクやナイル川、市場へと行く予定だが、カイロに戻ったらタクシーで帰らせてもらおう。

全員がバスに乗り込み、ガイドさんが人数を再度確認したところで出発する。

十五分ほどが経ち、バスが停まった。お昼のレストランに到着したようだ。

窓側に座る美玖ちゃんのほうを見る。

彼女はまだデニムジャケットを頭からかぶったままだ。

「美玖ちゃん、お昼食べられる？」

「足が痛いって言ってるのに、無理に決まってるでしょ！　月ちゃんだけ行ってきてよっ！」

たしかに歩くのが困難だったら動けるわけがない。

「ごめんね。一緒にバスの中にいるわ」

皆がバスを降り、最後に私がガイドさんに食べに行けないと話し、中に残ることになった。

座席に戻ると、美玖ちゃんがデニムジャケットから顔を出して眉根を寄せている。

「月ちゃんは行ってきて。おなか空くよ」

「いいよ。あなただけ残していけないもの。次のモスクでカイロに戻ったらタクシーでホテルに帰りましょう」

「……」

再びデニムジャケットを頭からかぶってしまった。

足首が痛いのだろう。

スマートフォンで写したピラミッドやスフィンクスを見ていると、ガイドさんが現れ『これはシャワルマと言います。食べてください』と言って袋を私に渡される。お礼を伝えると、ガイドさんはバスから出て行った。

シャワルマ……？

スマートフォンで調べる。

スパイスやハーブで味付けした肉を垂直の回転式グリルでじっくりと焼き、スライスしてピタパンのようなパンに包み、レタス、トマト、玉ねぎ、ピクルスなどの野菜を入ったものだそうだ。

「美玖ちゃん、おなか空いたでしょう？　ガイドさんがランチを届けてくれたわ」

ビニール袋には大きな包みのシャワルマと、ジュースのペットボトルがふたり分入っている。

「いらない」

相当痛いのかもしれない……。

「じゃあ、お姉ちゃんは先に食べるね」

ピラミッドではたくさん歩いたのでおなかが空いている。同様に美玖ちゃんも歩いているのに……。

心配しながらシャワルマを食べ始める。

ケバブみたいなスパイシー味のお肉がとてもおいしい。

食べ終わってからしばらくして参加者たちが戻って来た。そして、次の目的地のカイロ市内にあるモスクへ向かってバスは走り出した。

その後、アル＝アズハル・モスクに到着し、ガイドさんに見学をせずにホテルへ戻る旨を伝えた。

『妹さんの足の怪我がひどくないといいのですが。タクシーを捕まえましょう』

ガイドさんは親切にタクシーを止めてくれ、宿泊ホテルの名前をドライバーに伝えてくれた。

美玖ちゃんは黙って私の肩を借りてタクシーに乗った。


十五分後、ホテルに到着しお金を払ってタクシーから先に降りる。手を貸そうと美玖ちゃんに伸ばしたが、彼女はひとりで降りて、ごく普通の足取りで階段を上がりロビーに入っていく。

そのうしろ姿を見て複雑な気持ちになる。

足の痛みはそれほどでもなかった……？

妹の後を追い、エレベーターに乗り込んだところで追いつく。

「美玖ちゃん、足首は？」

私の問いに彼女は黙ったままで、エレベーターが止まると部屋へ歩を進める。

ルームキーで開けて入室し、美玖ちゃんはキャリーケースから着替えを出している。

「シャワー浴びてくる。もう砂だらけよ」

顔から転んで全身に砂がかかったので、不快なのだろう。

時刻は十四時前だ。

ちゃんと美玖ちゃんと話をしなければ、この旅行はお互いつまらないものになってしまう。

シャワーを済ませて姿を現した彼女は、冷蔵庫からミネラルウォーターのペットボトルを手にしてベッドの端に座る。

「私、帰るから」

「帰るって、まだ日数があるわ」

思いがけない言葉に開いた口が塞《ふさ》がらない。

「明日帰る。チケットをパパに買ってもらうから」

「そんな！　せっかくエジプトに来たのに楽しまないで帰るなんて……」

「こんなところ楽しめないよ。物売りはうるさいし、埃っぽいし」

それさえも私には楽しいのに……。

美玖ちゃんとは価値観が違うのだ。

「足首はもう痛まないの？」

「転んだ時は痛かったけど、もうなんともない。派手な転び方をしたから恥ずかしかったの」

それでデニムジャケットをかぶっていたのかと、捻挫《ねんざ》はたいしたことがないようで胸を撫で下ろす。

「パパに電話する」

美玖ちゃんはスマートフォンからメッセージアプリを開き、継父に電話をかける。

日本は十八時過ぎ。すぐに継父は電話に出たようで、妹は喜々として話し始める。

美玖ちゃんの話を聞いていると、到着時に迎えが来ていなかったことや部屋の水圧の件、転んで砂だらけになったことを不満たらたらに告げている。

「本当？　パパありがとう」

どうやら継父は帰国することを許したようだ。

「月ちゃん、パパが変わってくれって」

美玖ちゃんは私が話せるようにスピーカーにした。

「お継父《とう》さん、月乃です」

《月乃、どういうことなんだ？　美玖の面倒をちゃんと見るように言ったはずだ》

継父は不機嫌な声だ。

「申し訳ありません。でも、美玖ちゃんだけ先に帰るのは――」

《仕方ないだろう！　もうそこにはいたくないというんだ。ひとり分のチケットしか買わないから、お前は日程どおりに帰って来るんだ》

ひとりで帰国する美玖ちゃんのことは心配だが、これ以上ここにいたくないと言うのなら、帰国したほうがいいだろう。

「……わかりました」

《明日、空港までしっかり送り届けるんだ。いいな？》

「はい」

私との話を終え、美玖ちゃんが継父と話をしている。

こんなことなら美玖ちゃんを誘わなければよかった。興味のないことに付き合わせてしまって、かわいそうなことをしてしまったわ。

少しして美玖ちゃんは通話を終わらせた。

「月ちゃん、パパがビジネスクラスを取ってくれるって」

「え？　ビジネスクラスを？」

片道とはいえ、高額のはず。借金を抱えているのに……。

「リラックスモードで長時間乗っていられるなんて最高！」

さっきまでの不機嫌さはすっかりなくなり笑顔になっている。

「月ちゃん……さっきはごめんなさい。どうしても砂まみれで嫌だったの」

「……ううん、私はエジプトに来るのが夢だったくらい好きでも、美玖ちゃんには合わなかったね。大変な思いをさせてごめんね」

「それなりに楽しんでいたよ？　でももうここにいたくないの」

その時、美玖ちゃんのスマートフォンからポンと音がした。メッセージのようだ。

彼女はスマートフォンでメッセージを確認している。

「パパよ。明日の十四時三十分発のフライトのビジネスクラスを買ってくれたって」

「わかった。明日、タクシーで空港まで送っていくね」

「うん。月ちゃん、ごめんね。ほっとしたらおなかが空いちゃった。さっきのランチある？」

「テーブルの上にあるよ」

美玖ちゃんはベッドから降りてテーブルのところまで行くと、椅子に座りビニール袋からシャワルマを出して食べ始めた。

翌日、朝食を食べていると、美玖ちゃんがお土産を買いたいと言うので、近くの市場へ出掛けた。そこで彼女は、エジプトの工芸品であるカルトゥーシュというファラオの名前が刻まれた装飾のペンダントやブレスレットをいくつか購入した。

それからホテルの部屋に戻って、散らばった荷物をキャリーケースにしまい、フロントで呼んでもらったタクシーでカイロ国際空港へ向かう。

今日の予定は、本来であれば朝からエジプト考古学博物館へ行き、そのまま一日中、見学をしている予定だった。

しかし、美玖ちゃんが帰国しなかったとしても、一日中博物館にいるのは難しかっただろう。

「月ちゃん、ごめんね。このあと楽しんでね。それからひとりなんだから充分気をつけてね」

「うん。気をつける。家に戻ったらメッセージを送ってね」

そんな話をタクシーの中でしながら、カイロ国際空港に到着した。

一緒に降りて美玖ちゃんを無事にチェックインさせた。

ビジネスクラスはラウンジが使えるため、そこでゆっくりすると言って美玖ちゃんは笑顔で手荷物検査場へ入っていく。

美玖ちゃんの笑顔が見られてほっとしたが、寂しいのも否《いな》めない。

ひとりになってしまったので、身を引き締めよう。スリになどあったら、大変なことになる。

そう考えるとともに、これからは帰国までしっかり古代エジプトの遺跡などを見学しようと期待が膨らむ。

タクシーでここまで来たが、帰りは昨日確認しておいたシャトルバスに乗ろうと思っている。今までチップを余計に請求されることはなかったが、ひとりだから公共機関を利用するほうがいいだろう。うまく乗れるかドキドキものだが。

到着ロビーへ移動して、シャトルバスを目指す。

一昨日は初めてだったから、大勢のドライバーに恐れをなしてしまったけれど、悠然とした足取りで向かえば、数人から声をかけられたものの問題なくシャトルバス乗り場へ到着できた。

アラビア語で目的地が書かれているが、タハリール広場行きの番号があって、ちょうどそのシャトルバスに乗ることができた。

座席に座って一息つき、持って歩いているペットボトルから水を飲む。

そこからエジプト考古学博物館はすぐ近くで、ホテルまで徒歩十分くらいだ。

三、旅先での恋

念願のエジプト考古学博物館の壮大な建物の前に立った。

興奮と期待が入り交じった感情を抱いている。

入り口を通り抜けると、冷たい大理石の床と高い天井、荘厳な雰囲気《ふんいき》に、歴史の重みを感じさせられる。

まず目に飛び込んできたのは、数千年前のエジプトのファラオたちの彫像だった。

それぞれの顔には威厳と神秘が宿っており、細かな彫刻技術に目を見張った。

次に訪れたのは、黄金の輝きが目を引くツタンカーメンの展示室。

ガラスケースの中には、黄金のマスクや装飾品が美しく並べられていた。

その華麗さと細部までこだわったデザインに心を奪われ、彼の短い生涯と、死後も続く伝説に思いを馳せ、しばらく見入ってしまう。

展示室を進むと、古代エジプトの生活を再現した模型があった。

農作業をする人々や、祭りを祝うシーンが巧みに描かれており、古代文明の日常の一端を垣間見ることができた。

ミイラの展示室では、空気は一変して厳粛な雰囲気が漂っていた。

ガラス越しに見えるミイラは、時間を超えて保存されてきたその姿が神秘的であり、同時に畏怖の念を抱かせた。

古代エジプトの人々が持っていた死生観や、永遠の命への信仰については想像の域を出ない。

最後に訪れたのは、巨大な石碑や神殿の模型が展示されているホールだった。

その壮大なスケールと、精緻《せいち》な彫刻に圧倒される。

ふと視線を模型から外した時、空港で助けてくれた日本人男性の姿を目にした。

「あ……」

ちょうど男性もこちらへ顔を向け、目と目が合う。

彼がこちらへ歩を進めてくる。紺の襟付きのシャツとグレーのスラックス姿で、観光客には見えない。

「君は一昨日の。もうひとりの女の子は？」

「妹です。今日帰ることになって、空港へ送ったその足でここへ来ました」

「君ひとりで残りの日数の観光を?」

記憶どおり声も素敵《すてき》で、美玖《みく》ちゃんの言ったとおりのイケメンだ。ううん、彼のような素敵な人を単なる〝イケメン〟とひとくくりにするのは憚《はばか》れるほどだ。

「はい」

気づけばここに三時間もいる。

元々長くいるつもりだったから、まだまだ見たりない。もうひと回りしようかと思っていたところだ。

「あ、お礼を言うのを忘れてしまいました。一昨日はありがとうございました。本当に助かりました。海外旅行が初めてなのに迎えの車が来ていなかったので、頭の中が真っ白になっていたところでした」

「今のところ問題なく観光はできている?」

昨日の美玖ちゃんの転んだシーンが頭をよぎったが「はいっ」と答える。

すると、彼は端正な顔を「ふっ」と緩ませる。

なぜなのかキョトンとなっていると、彼が口を開く。

「妹さんが訳あって帰国したとなると、何かが起こったに違いないが、家で一大事があるのなら、君も一緒にエジプト《こ こ》を離れるはずだ。それなのに君は観光を続けている。

となると、妹さんに何かがあって彼女だけ帰国した理由がここにあるんじゃないかと思ってね」

「すごいです……洞察力？　推理力？　当たっています」

思わず尊敬のまなざしで見てしまう。

「すまない。勝手な想像を」

彼に謝られてしまい、首を左右に振る。

「いいえ。あ、私の名前は――」

「月《つき》ちゃんだろう？　妹さんが呼んでいた」

「記憶力もいいんですね。驚きました。月乃《つきの》と言います」

「月ちゃんより月乃ちゃんのほうがいいな。そう呼ばせてもらうよ。俺は彬斗《あきと》」

この場限りだけれど、素敵な人から名前を、そして〝ちゃん〟をつけて呼ばれるなんて、新鮮と言うか照れくさい。

「で、でも私は二十四なので〝ちゃん〟づけは……」

「わかった。それなら月乃さんと呼ぼう」

「はいっ。では彬斗さんと呼ばせていただきます」

恋愛経験のない私が、異国で男性と下の名前を呼び合うようになるとは思ってもみなかった。

「遺跡には詳しいんだ。何かわからないことがあったら教えられるかもしれない」

「ここは何時間でもいられますね。もう一度見て回ろうとしていました。彬斗さんは観光ではないですよね？」

「そう見える？」

「はいっ。お仕事でいらしているように見えます」

「月乃さんこそ、洞察力がある。俺は遺跡発掘隊のスポンサー会社に勤めている。半年に一度くらいこっちへ来ているんだ」

「遺跡発掘隊！　すごいです」

遺跡を発掘しているところはテレビで観たことがあるが、たくさんの人が古代のロマンを探求するために働いていて、それを援助する会社があるなんて初めて知った。

「じゃあ、もう一度回るのに一緒にいてもいいかい？」

「はい。ひとりなので、感動を分かち合う相手がいなくて寂しいと思っていたところです」

それは見学を始めた時から感じていた。

ただし、美玖ちゃんがいてもきっと興味はなかっただろうから、早く出ようと言われていたかもしれない。

「そうだ、エジプト国立文明博物館へはもう行った？」

「行ってみたいと思っていましたが、離れた場所なので諦めていたところです」

彬斗さんは腕時計へ視線を落として時間を確認している。

「今は十四時半か。ここから車で三十分はかからない。閉館まで二時間しかないが、行ってみたいかい？」

「本当ですか？　彬斗さんのご迷惑にならなければ行ってみたいです。あ、厚かましくて申し訳ありません」

ここはホテルから近いし、帰国前にもう一度観に来られるはず。

「俺から提案したんだ。厚かましくなんてないから。じゃあ、行こうか」

出口に向かい外に出たところに黒塗りの高級車が止まっており、彬斗さんはその車の後部座席のドアを開けて私を乗り込ませる。

彬斗さんはドライバーに行き先をアラビア語で告げ、車が走り出す。

「すごい車ですね」

「ああ。会社が使わせてくれるんだ。それはそうと、ここで三時間見ていたと言ったが、ランチはもしかして食べていない？」

「実は……でも、夕食をたくさん食べればいいので、まずは見学が先です。本当に見学できる機会を作ってくださり感謝しています」

「食事を抜くのはよくない」

そう言った彼は、ドライバーにアラビア語で何か話しかける。

少しして車が止まり、ドライバーは運転席を離れてしまった。

「どこへ……？」

私の座る位置からは、ドライバーがどこへ行ったのかは見えない。

「シャワルマを買ってきてもらっている。勝手に頼んだが、食べられるかな？」

「はい。そんなことまで。申し訳ありません」

「何度も謝らないで。俺が君にしてあげたいと思っただけだから」

そこへドライバーが戻って来て彬斗さんに袋を渡すと、再び車を発進させた。

「どうぞ」

シャワルマの包みと、ミネラルウォーターのペットボトルを渡される。

「ありがとうございます」

「十五分くらいで着くから、その間に食べるといい」

でもひとりでシャワルマをかぶりつくのは……。

そう思って躊躇《ちゅうちょ》していると、彬斗さんもシャワルマの包みを袋から出して食べ始める。

「彬斗さんもランチをしていなかったんですか？」

「いや、二時間前だったから、これくらい食べられる。ほら、月乃さん食べて」

「はい。いただきます」

帰りに支払いを忘れないようにしなきゃ。

香ばしい匂いに誘われて、いそいそと包みを開けシャワルマを食べ始めた。

もしかして彬斗さんは私がひとりで食べるのを躊躇すると思って自分も……。

真意はわからないけれど、もしそうなら素敵な人に出会えてうれしい。

エジプト国立文明博物館に到着した。

閉館まで約二時間。細部まで見られるかわからないけれど、連れてきてくれた彬斗さんに感謝しつつゲートに向かってチケットを買おうとすると、彬斗さんがすでにスマートフォンから入場料を買っていた。

「それでは彬斗さんに迷惑を。私に払わせてください」

「年下の女の子に払ってもらえないよ。ほら、時間がないから先を急ごう」

彬斗さんに促され、エジプト国立文明博物館の荘厳な入り口をくぐり抜けた。

広々としたロビーに足を踏み入れると、眼前に広がる展示の数々に、あっという間に目を奪われた。何世紀にもわたるエジプトの歴史と文化が、この場所に凝縮されているのだ。

まず彬斗さんが案内してくれたのは、初期王朝時代の展示室。

そこには古代の石器や陶器が並べられ、当時の人々の生活が垣間見える。

「こんなに古い時代から、エジプト文明は始まっていたのね……」

彬斗さんの博識な説明を受け、感嘆の声を漏《も》らし、その技術の高さに驚かされた。

次に訪れたのは、ファラオ時代の展示室。

黄金の装飾が施《ほどこ》されたファラオの彫像や、繊細な細工が見事なジュエリーが輝いている。

便利な機械もない時代に、どうやってここまで精巧に作ることができたのか……。

その豪華さに息を呑《の》み、しばしば立ち止まってその美しさに見入った。

さらに進むと、ミイラとその副葬品が展示されている部屋にたどり着く。

たくさんのミイラがガラスケースの中に安置され、古代エジプトの死生観が伝わってくる。

神秘的な雰囲気に包まれ、敬意を持ってじっくりと見つめた。

「このミイラたちは、数千年もの間、こうして眠り続けているんですね」

「そうだな。はるか昔からこのままの姿で残っているのはすごいことだ。魂もまだ眠り続けているのかもしれない。知っているかな？　博物館にはたくさんの霊がさまよっていることを」

「え……」

一瞬、ゾクリとなったが、彬斗さんが笑う。

「嘘《うそ》だよ。そんなわけない」

「はぁ……よかったです。脅《おど》かさないでください。でも私は霊感はないので、いたとしても見えないから怖くないです」

本当は怖いのに強がってそう言うと、彬斗さんは困ったような顔で眉を下げた。

「すまない。月乃さんがあまりにも展示物に熱心だから、からかいたくなってしまった」

「連れてきてもらえて本当に感謝です」

彬斗さんがいてくれたからとても心強くて、集中できたのだ。

心からの感謝を込めて、頭を大きく下げる。

「ところで、このあと夕食に誘ってもいいかな？　何も予定がなければだが」

「夕食ですか？」

「ああ。一週間ここにいるから、日本語で話をしながら食事をしたくなった」

「予定はないですが、私にも支払わせていただけるのならご一緒させてください」

そう言うと、彬斗さんは肩をすくめる。

「仕方ないな。わかった。そうしないと月乃さんは一緒に食事をしてくれないから。何かリクエストはある？」

「まだこっちに来てシャワルマとハンバーガーしか食べていないんです。朝食はアメリカンブレックファーストだし……。なので、ローカル料理をリクエストします」

「エジプト料理か。わかった。お勧めの店に連れていこう」

現地のローカル料理を食べることは、旅行でしたいことのひとつだ。ひとりだったら、またシャワルマかハンバーガーを夕食にしていただろう。


閉館ぎりぎりまでエジプト国立文明博物館の見学を目いっぱい楽しんだあと、彬斗さんが連れてきてくれたのは、ナイル川を見ながらエジプト料理が食べられるレストランだった。

「お料理ですが、お任せしてもいいですか？」

「もちろん。嫌いなものやアレルギーはある？　ビールは飲める？」

「いいえ。特にありません。ビールは少しなら飲めます」

カイロのこの時季の日没は十八時前。現在の時刻は十七時四十五分で、周囲は次第に薄暗くなってきている。

夕暮れ時のナイル川の景色を見たいと思っていたので、最高のロケーションだ。

美しいナイル川の写真もたくさん撮った。

「わかった」

彬斗さんは微笑《ほほえ》んで頷《うなず》くと、メニューに目を通して店主にオーダーする。

何度聞いてもアラビア語が流暢《りゅうちょう》で、店主と笑い合っている。

ひとりだったら決してできなかったことを叶《かな》えることができて、彬斗さんと出会えて幸運だった。

店主がいったん奥へ行き、エジプトのビールを持って来て用意してあったグラスに注いでまた戻っていく。

「乾杯しよう」

彬斗さんはグラスを持って掲げる。私も持って、グラス同士を軽く当ててから口にする。

「アラビア語を話せる日本人はめずらしいと思うのですが、きっかけを聞いてもいいですか？」

「小学生の頃、両親に連れられてここに来たんだ。以来、エジプトの魅力にはまって、言葉を勉強した。言葉だけじゃなくて考古学も」

「子どもの時にエジプトに来られたなんてうらやましい限りです。それがあって、今の彬斗さんなんですね。本当にすごいと思います」

そこへ丸い形の揚げ物が運ばれてきた。

「これはターメイヤと言う。乾燥そら豆をハーブやスパイスと混ぜ合わせた揚げ物だ。日本のコロッケみたいなものだな。ビールに合うよ。食べてみて」

ひとつを取り皿に取ってから口にする。

スパイシーな辛味がおいしい。

それから再び店主が料理を持って来てテーブルの上に置く。

「ハマーム・マフシーだ。鳩肉にライスやスパイスを詰めてオーブンで焼いたものなんだが、中身の説明がうまくできなくてすまない。鳩は苦手だったかな？」

「とんでもないです。鳩のお肉は初めて食べます」

「詰め物と一緒に食べるといいよ」

「はいっ」

彬斗さんが切り分けて皿に載せてくれるが、ナイフとフォークの使い方も手慣れている。

他にもいくつかローカル料理を食べ、今はデザートを待っているところだ。

「明日はルクソール観光のオプショナルツアーが入っているんです」

「日帰りのやつか。ルクソールまでのフライトは一時間だ。実は俺も明日、ルクソールへ行く。発掘調査の責任者と打ち合わせがあるんだ」

仕事でもルクソールへ行けるなんてうらやましい。この旅行の日程がもっと長ければアブ・シンベル大神殿まで足を伸ばしたかった。

「オプショナルツアーだと、時間がないかもしれないが、向こうで何かあったらいつでも連絡して。せっかくだから番号を交換しておかないか？」

「彬斗さんは面倒見がいいですね」

「君が気に入ったから」

率直に言われたが、気に入ったという言葉を取り違えてはいけない。ただ単にエジプト文明に共感して話が盛り上がっただけなのだから。

彬斗さんの左手の薬指にマリッジリングはないけれど、彼のような魅力的な男性に恋人がいないなんてことはないだろう。

それに今の私は、夢を見てはいけない立場だ。

「ありがとうございます。では、番号を」

にっこり笑みを浮かべて、テーブルの上に置いていたスマートフォンを手にする。

「言っておくが、いつも女性に番号を聞いていると思わないでほしい。こんな風に女性と番号を交わすのは初めてだ」

「私も簡単に知り合ったばかりの男性と番号交換なんてしませんからね。彬斗さんを尊敬していますし、私の救世主なので」

「救世主か。いい響きだな」

彼の口元に、ちょっと照れくさそうな笑みが浮かんだ。

本当に素敵な人だ。

ふいに林原《はやしばら》さんの酷薄な顔を思い出して、落ち着かない気分に襲われる。スマートフォンの操作に集中して嫌なことを頭から振り払う。

番号を交換し終えたところで、デザートとコーヒーを持って店主が現れた。

デザートはクロワッサンのような軽い生地にナッツ、ドライフルーツ、ココナッツ、ミルクを入れて焼いたものだった。

　これはオムアリといって、エジプトの伝統的なデザートだと彬斗さんは教えてくれる。

　中途半端な時間に車の中でシャワルマを食べてしまったので、夕食はあまり食べられないと思っていたのに、ゆったりと時間をかけていただけたので、満足しすぎるくらいおなかが満たされた。

　彬斗さんは腕時計へ視線を落とし「もう二十一時か」と呟《つぶや》いた。

「明日のルクソール観光では早起きをするんだろう？」

「はい。七時三十分のフライトです」

「早いな。俺は八時三十分だ。じゃあ、ホテルへ送るよ。行こうか」

　椅子《いす》から立った彼は私が腰を上げるのを待って出口に向かい、外に出ると待機していた車に近づく。

「あ！　彬斗さん、割り勘にする約束です」

「もう金額を覚えていない。割り勘にするくらいなら、お土産代にでも当てるといいよ」

「でも……」

金額を覚えていないなんて嘘だろう。

「ほら乗って」

「では、私が日本へ戻る前に一度会ってくれませんか？　その時、私にごちそうさせてください」

「まいったな……また月乃さんに会えるのはうれしいが、ごちそうはされたくない。さあ、乗って」

この場で押し問答しても仕方ないので、素直に後部座席へ乗り込み、彬斗さんも隣に座る。

先ほどの会話の中で滞在ホテルを伝えてあったので、彼はドライバーにそのホテルの名前を告げたようだ。

アラビア語なので、よくわからなかったが。

ゆっくりと車が動き出し、徐々にスピードが上がる。

「彬斗さん……本当にだめですか？」

「ああ。君は俺より八歳も年下だからね」

やんわり微笑みを浮かべる彬斗さんだ。

何を言ってもごちそうさせてもらえなさそうだ。

それなら日本へ戻ったら、お礼を考えよう。

「……わかりました」

もう彼には会えないだろう。楽しかった時間はホテルまでだ。

遺跡や調度品、ミイラなどの話題が尽きなかった今夜はとても幸せだったので、寂しくなって視線を膝の上に置いたバッグに向けた。

「月乃さん、君にまた会いたい。ギザのピラミッドの近くでも発掘調査はしている。見に行ってみたくないか？」

「え？」

日本でお礼をするつもりだったが、このエジプトで彬斗さんと過ごすのはこの日限りだと思っていたので驚いてしまう。

「本当に……？」

またギザへ行けるなんて。もう二度と来られないかもしれないから、この旅の最後にもう一度行こうか考えたりもしていた。

たったの五泊程度では、この壮大なエジプトをほんの一歩踏み込んだくらいしか知ることができない。

「ああ。もちろん。帰国は十三日のフライトとさっき言っていたよな？」

「はい。十四時三十分のフライトです」

「明々後日に帰国か……、では、明後日の十二日にどうだろう」

「ありがとうございます！　とってもうれしいです！」

笑顔で彬斗さんに向かって大きく頭を下げた。

宿泊ホテルに車が到着し、彬斗さんはロビーまで送ってくれ「また連絡をする」と言って外に出て行った。

幸せな気持ちのまま部屋に入ると、鼻歌を歌っている自分に気づいた。

彬斗さん……本当に魅力的で素敵な人……。

彼の整った顔立ちと、穏やかで優しい笑顔に心を奪われている。

彬斗さんの話し方や仕草《しぐさ》にはどこか懐かしさを感じさせるものがあり、すぐに打ち解けることができたのだ。

彼との会話はまるで古くからの友人と話しているかのように自然で、時が経つのを忘れるほどだった。

彬斗さんがエジプトの歴史や文化について語る時、その知識の深さと情熱に感心し、彼の話をもっと聞きたいと思った。

翌朝、タハリール広場から出ているカイロ国際空港行きのシャトルバスに乗って、出発の一時間前に着いたのだが、予約したルクソール行きのフライトが欠航になったというアナウンスを聞いて呆然《ぼうぜん》となった。

「どうしてこんなことに……」

小さくため息を吐《つ》きながら、掲示板を見上げた。

胸が締め付けられるような失望感が押し寄せた。心待ちにしていた旅行の次のステップが、突如として奪われてしまったのだ。

次の行動を考えようとするが、頭の中が混乱して何も思い浮かばなかい。

失望の感情が心の中で渦巻く一方で、なんとか前向きに考えようと努めた。

「ここで立ち止まっているわけにはいかない……絶対にルクソールへ行きたい」

そう自分に言い聞かせ、もう一度掲示板に視線を戻す。

代替のフライトや他の交通手段を探さなければならないことはわかっていたが、どうしても動き出す気力が湧かなかった。

「でも、なんとかしなきゃ」

大きく深呼吸をして気持ちを落ち着けようとした。

そしてカウンターへ行き、次のルクソールへのフライトの空席を尋ねる。

しかし、午前中のフライトは満席で空席がある便は十四時過ぎになるという。それに乗ってルクソールへ行けたとしても、ほんの少ししか見学はできないだろう。

明日に変更したら、彬斗さんとの約束が……。

とりあえず、明日のフライトを聞くと午前中はキャンセル待ちになると言われてしまった。

キャンセル待ちをするか少し考えると告げて、とぼとぼと近くのベンチに腰を下ろす。

「はぁ……」

早くキャンセル待ちにのせてもらわなければ明日もルクソールへ行けなくなるのに、気持ちが追いついていかない。

今日の午後、ルクソールへ行ってホテルを探して一泊し、明日の午前中に観光してから戻って来る？

彬斗さんとの約束は時間を決めていなかったが、このプランだとギザへ着くのが遅くなってしまう。

にっちもさっちもいかなくなって、欲張るからいけないのだと自分を戒《いまし》めてベンチから立ち上がった。

その時、私の名前が呼ばれた。

「月乃さん！」

「えっ、彬斗さんっ！」

目の前に立った彼は「捜したよ。電話をかけたんだが」と、ほっとしたように笑みを浮かべる。

「どうしてここに……？」

彼はこのあとのルクソール行きのフライトに乗る予定だから、空港にいるのは当然かと理解した。

「彬斗さんもルクソールへ行くので当然ですね」

「それもあるが、君が乗るはずだった便が欠航になったのを知って、誘いに来たんだ。どうして俺に連絡をしないんだ」

「え？　誘いに？　でも、連絡をしても席はないし、彬斗さんにはどうにもならないから、かえって心配をかけてしまうので……それで、誘いにって……？」

意味がわからなくて首を傾《かし》げる。

「会社のプライベートジェットがあるんだ。それでルクソールへ行こう」

「ええっ？　プライベートジェット？　でも……」

会社のプライベートジェットになんて、部外者の私なんかが乗っていいものだろうかと憂慮する。

「会社に知られたら、彬斗さんが困ったことになるのでは？」

「君を乗せたくらいで会社はとやかく言わないから安心してほしい。だが、離陸許可は八時三十分だから、ルクソールに着くのは一時間後。ツアーに間に合わなくなる。だから俺が案内しようと思うんだが」

「そんな……何もかもしてもらうなんてだめです」

「少し現地の人と仕事の話をしなければならないから、その時だけは待ってもらうことになるが。月乃さん、俺は最高のガイドだと思うんだが？」

彬斗さんが最高のガイドだということは、もうすでにわかりきっている、彼の提案に驚きと感謝の気持ちが入り交じるも、やはり躊躇してしまう。

「……彬斗さんのような優しい人、初めてです」

継父や林原さんとまったく違う、彼の優しさに心が温まる。

「それは一緒に行くってことかな？」

「……はい。でも本当にいいのですか？」

「もちろん、本当に大丈夫だよ。だめだったら誘わない」

彬斗さんは少し前に身を乗り出し、私の手を取った。

彬斗さんに連れられて空港のプライベートターミナルに到着すると、その豪華さに目を見張った。

広々としたラウンジ、上品なインテリア、そして丁寧なスタッフたち。まるで別世界に迷い込んだみたいだ。

案内された飛行機の前に立つと、その小さなジェット機の優美な姿に圧倒された。信じられないというように彬斗さんに視線を向け、「これ、本当に乗っていいんですか？」と尋ねた。

彼はにっこりと微笑み、「もちろん。一時間のフライトを楽しもう」と答えた。

タラップを上がると、さらに驚くことが待っていた。

内部はまるで高級ホテルの一室のように豪華で、座席は広々とし、柔らかな革張りのシートが並んでいた。

小さなテーブルには花が飾られ、窓からの眺《なが》めを楽しめる配置だ。

「すごい……こんな飛行機に乗れるなんて、夢みたい」

思わず声に出してしまうと、彬斗さんが楽しそうに笑う。

豪華なシートに座り、離陸を待った。

私、とてもついているんじゃ……。

「彬斗さんのお勤めしている会社はすごいですね。こんなプライベートジェットを所有して、出張に使わせてもらえるなんて」

彬斗さんは通路を挟んだ席に座っている。

「そうだな。スケジュールが滞らずに済むし、機内は快適だ」

「それだけ彬斗さんが優秀なんですね」

こんな待遇を受ける彬斗さんが一介の社員とは思わないが、彼の努力でここまで来られたのだろうと思う。

「わざわざ迎えに来てくださり、ありがとうございます。途方に暮れていた時と気持ちは雲泥《うんでい》の差で、今、ここにいるのが信じられないです」

出発ロビーを離れる前に、彬斗さんはカウンターのスタッフに往復の返金を求め、さらに美玖《みく》ちゃんの席もまだ残っていたので、ふたり分のチケット代が戻ってきた。

「月乃さんが気になるんだ。せっかくの旅行で見学したがっていたルクソールへ行けなくならずに済んでよかった」

彬斗さんの麗《うるわ》しい笑みに、ドキッと心臓が高鳴る。

きっと私の顔は真っ赤になってしまっているだろう。

それを隠すように窓の外へ視線を向けると、プライベートジェットが離陸した。

カイロの街並みが徐々に小さくなり、眼下に広がる景色が変わっていく。

エジプトの広大な砂漠が一面に広がり、黄金色の砂丘が果てしなく続いているのが見えた。

飛行機がさらに進むと、緑が広がり始め、ナイル川の豊かな水がきらめきながら蛇行している様子がわかる。

ルクソールに近づくにつれて、古代の遺跡が見え始めた。

カルナック神殿やルクソール神殿の壮大な柱が遠くからでもはっきりと見え、その威厳ある姿に心を奪われる。

「彬斗さんのお仕事の邪魔はしません。お仕事の時は近くを散策していますね」

「ああ。打ち合わせは一時間くらいだ。それが終わったら、案内するよ」

彬斗さんの頼もしい言葉に頷《うなず》き、プライベートジェットはルクソール国際空港に着陸した。

空港には迎えの車が待っていて、二十分ほどでナイル川の近くに建っている美しいホテルに到着した。

彬斗さんはここで打ち合わせをするという。

五分くらいでルクソールへ行けるというが、彼にひとりでは心配だから終わるまでホテルから出ずに散策していてほしいと言われる。

「散策でもお茶をしていてもかまわないし。ここのレストランのテラスからナイル川を航行するヨットやクルーザーも見られる」

打ち合わせ中、心配をかけないためにもテラスにいたほうがよさそうだ。

「では、テラスでルクソールを復習しています」

ホテルの中は豪華で、ヨーロッパ風の雰囲気もある。

彬斗さんは私を伴って二階のレストランへ足を踏み入れると、すぐにスタッフが近づいてきた。

彼はアラビア語で話をしてから、私に顔を向ける。

「彼がテラスへ連れていってくれる。なんでも好きなものを頼むといい」

「ありがとうございます。ではそこで待っていますね」

スタッフに連れられて室内から明るいテラスへ出た。

テラスは広く、いくつかのテーブルがあり食事をしている何組かの西洋人がいる。

彬斗さんが言っていたとおり、ナイル川が一望できて白い帆のヨットが何隻も航行している。

「素敵な眺《なが》め……」

ナイル川がよく見える席に案内され、英語のメニューからアサブ・ラバンというジュースを頼む。サトウキビジュースにミルクを足したものらしい。

フルーツジュースもいいが、せっかくのエジプト旅行だ。どうせなら知らない飲み物を飲んで冒険してみたかった。

椅子《いす》から立ち上がって、ナイル川の景観をスマートフォンに収めていると、ジュースが運ばれてきた。

その時、スマートフォンのメッセージアプリがメッセージを受け取った。

美玖ちゃんからだ。

メッセージを確認すると、無事に羽田に到着したとある。そして、ビジネスクラスは快適だったようだ。

よかったと、安堵《あんど》してジュースを一口飲む。

甘さが口の中に広がっておいしい。

今朝の落とされた気持ちから一転して、こんな幸せな気持ちになれるなんて、これもすべて彬斗さんのおかげ……。

どんどん気持ちが彼に惹《ひ》かれていくのがわかった。

途中、レストランスタッフを呼び止めて支払いをしようとしたが、すでに払われているのでと断られてしまった。

ふぅ……彬斗さんに負担をかけたくないのに……。

しばらくノートでルクソールの遺跡を復習していると、テーブルに影が落ちて顔を上げる。

そこにいたのは彬斗さんで、口元を緩ませ、目を細めて私を見下ろしていた。

あまりにも優しげなまなざしに、いろいろと勘違いしそうになってしまうのは、私が彼に惹かれているからだろうか。

「待たせたね。行こうか」

「はいっ、彬斗さん、どうして笑っているんですか？　打ち合わせがうまくいったんですね？」

椅子から立ち上がりながら尋ねる。

「いや、打ち合わせは問題ない。笑っていたのは、月乃さんのように勉強熱心な人を見てうれしくなったんだ」

「褒《ほ》められたのは学生以来です。少しでも背景とかがわかっていたら、見学はもっともっと楽しめますから」

「学生時代の君は、熱心な生徒だったんだろうな」

「ふふっ、好きな科目だけです。あ、飲み物の支払いをしようとしたら済んでいると。彬斗さんにはいろいろと迷惑をおかけしているので、そこまで気になさらないでください」

「勝手に俺が思ってやっていることだから。さ、行こう」

彬斗さんとともにホテルのエントランスに出ると、待機していた黒塗りの車に乗って、カルナック神殿へ向かった。


「すごいです……圧巻……」

私は壮大な遺跡の前に立っていた。

カルナック神殿へのアプローチの左右には小型のスフィンクスの像が並んでいる。石の柱が空高くそびえ立ち、その大きさに圧倒される。

「これが、何千年も前の人々が築いたものだなんて……本当に信じられないわ」

彬斗さんは笑顔で頷く。

「本当にそうだね。歴史の重みを感じるよ。エジプトにも地震はあるが、これだけのものが残っているのは本当にすごいことだ」

柱や壁にはヒエログリフやレリーフが施され、一部は彩色が残っている。

ここでも彬斗さんはガイドブックには書いていないいろいろな話をしてくれる。


次にルクソール神殿へと向かった。

たくさんの観光客が見学していて、フライトが欠航にならず無事にここに来られていたら、あの中にいてもひとりぼっちで、感動を分かち合える人もなく寂しい思いをしただろう。

今は彬斗さんがいてくれるおかげで、見学も会話も最高に楽しい。

石畳の道を歩きながら、彬斗さんは神殿の歴史や逸話を語って聞かせてくれる。

とにかく像が大きくてたくさんある。

「ここは、アメン神に捧げられた神殿なんだ。ファラオたちはここで重要な儀式を行っていたんだよ」

神殿の内部に入ると、壁一面に描かれた美しいレリーフが目に入った。

古代の神々やファラオたちの姿が生き生きと描かれており、その細部までの芸術性に感嘆するばかり。

「こんなにも美しい彫刻が残されているなんて、本当に驚きです」

感動を隠せずに言うと、彼はその言葉に満足げな笑みを浮かべた。


じっくり見学をしていると、十三時を回っていてお昼の時間を過ぎてしまっていた。

「すみません。お昼ご飯の時間を過ぎてしまっていました」

彬斗さんは私が心ゆくまで見られるようにしてくれていたので、今になってそんなに時間が経っていたことに気づいたのだ。

「いや、そろそろランチへ行こうか」

「はい。彬斗さん、飛行機代もおかげさまで戻って来たので、今度こそ私にごちそうさせてください」

「言っただろう？　そのお金で土産でも買えばいいんだ。あとでマーケットも行こう」

有無を言わさず、この話は終わりとばかりに私の手を繋《つな》がれ、ドキッと心臓が跳ねる。

「妹さんみたいに転ばないように」

そう言って出口へ歩き始めた。

昨晩食事した時に、なぜ妹が帰国したのか話したからなのか。

手を繋がれたせいでドキドキが激しくなって思考はまとまらず、支払いの件がうやむやになってしまった。

私ばかりが得をしているのに……。


「ここだ」

彬斗さんが車から降りて案内したのはナイル川のほとりだった。

そこに白い小型のクルーズ船が停泊していた。

「ここ……？」

「そう。先ほどの打ち合わせで、現地の人に同行者がこの地は初めてだと言ったら、手配してくれたんだ」

「そうだったんですね」

感謝しつつクルーズ船に乗り込んだ。

川のほとりに広がる景色は、まるで絵画のように美しかった。

彬斗さんと並んで船のデッキに立ち、風に吹かれながら川面を眺める。

「ナイル川の流れを見ていると、エジプトの歴史がさらに深く感じられる気がします。ずっと長い歳月を共にして」

「ああ。この場所には、特別な力があるように思う」

彬斗さんはコクッと頷いて微笑んだ。

「さてと、食事にしよう」

クルーズ船は小型だけれど、私たちしか客はいない。

ものすごく料金が高いのでは……。

「彬斗さん、こんなことをして大丈夫なんでしょうか？」

「こんなこと？」

彼は涼しげな目で不思議そうに私を見遣《みや》る。

「クルーズ船のランチは高いのではないかと」

すると、彬斗さんは口元を緩ませる。

「月乃さんは堅実派なようだ。安心して。さっき打ち合わせの人が用意してくれたと言っただろう？　いわゆる向こうサイドの接待だから俺の出費はない」

「私までいいんですか……？」

「気にしないでいいから。さあ、食事にしよう」

彬斗さんはデッキに用意されたテーブルへ私を連れていき、椅子に座らせる。白いテーブルクロスが敷かれ、おいしそうな料理が並んでいる。

「食べよう」

対面に腰を下ろしてナプキンを手にした。

「……最高に素敵な旅行になりました。ありがとうございます。明後日には帰るなんて悲しいです」

「まだまだ明日もある。俺も月乃さんがいてくれるおかげで楽しい出張になっているよ」

ナイル川をゆったりと進む小型クルーズ船で摂る食事は格別おいしい。

涼しい風が心地よく吹き抜け、川面は太陽の光を受けてキラキラと輝いていた。

「すごく素敵な景色……」

流れていく景色に視線を奪われながら、ワイングラスから一口飲んだ。

「ナイル川の風景は本当に特別だ。特にこうしてゆっくりと流れる時間を感じられるのがいい」

地元の新鮮な食材を使った料理に舌鼓を打つ。

新鮮なサラダ、香ばしい焼き魚、そしてエジプト伝統のコシャリ。

コシャリは米やパスタ、豆類、スパイシーなトマトソース、カリカリのオニオンスライスを混ぜ合わせたもので、エジプトではポピュラーな料理だと彬斗さんは教えてくれる。

そのひとつひとつを味わって楽しむ。

「こんな贅沢《ぜいたく》なランチを食べられるなんて、本当に夢みたい」

「エジプト料理は本当に奥深い。こうしてエジプトが大好きな君と共有できるのがうれしいよ」

本当にそう思ってくれていたら、なんでもしてもらっている申し訳なさが少しだけ薄らぐ。

穏やかなナイル川の流れ、遠くに古代の遺跡やヤシの木が広がる風景が見え、船の穏やかな揺れが心地よい。

私はこの時を心から楽しんだ。


食事後、クルーズ船から降りて王家の谷へ車で向かう。

ナイル川によって西側と東側に分かれていて、先ほど訪れたカルナック神殿やルクソール神殿は「生者の世界」とされ、反対に王家の谷やハトシェプスト女王葬祭殿などの墓地遺跡群がある西岸は「死者の世界」とされてきたそうだ。

古代エジプト人は、太陽の沈む西の先に来世があると信じており、そのため、西岸に墓地を建設したらしい。

乾燥した風が吹く王家の谷に到着した。

高くそびえる岩山に囲まれたこの場所は、静寂と神秘に包まれていた。観光客が大勢いるのに、静かで神聖な気持ちに襲われる。

砂地の道を進みながら、数多くのファラオたちが眠る場所へと足を運んだ。

まず目に飛び込んできたのは、ツタンカーメンの墓だった。

一番気になっていたこの墓を訪れることができて感動しっぱなしだ。

墓の内部に入ると、壁一面に描かれた美しいレリーフや絵画が目に入った。

その芸術性に感嘆する。

「こんなにも細かく描かれているなんて、当時の人々の技術の高さに驚かされます」

「古代エジプトの芸術は本当に素晴らしい。これらのレリーフには、神話や歴史が語られているんだ」

さらに奥へと進み、他のファラオたちの墓も見学した。

ハトシェプスト女王の墓では、その壮大なスケールと美しい装飾に圧倒された。

「中学生の時の教科書で興味を引かれ、いつか見てみたいと憧れていましたが、実際にこの目で見られると歴史が生き生きと感じられますね」

「調査隊は一カ月後からここから少し離れた場所で発掘作業を始めるんだ」

「自分の手で新たな遺物を見つけられたら、想像もできないほど感動しそうです」

気づけば時刻は十七時になろうとしていた。

「彬斗さん、帰りの時刻は？　こんなに長くいてしまって大丈夫でしょうか？」

「ああ。二十時のフライトだからまだ時間はある。市場《スーク》へ寄ってみようか？」

「スーク！　行ってみたいです」

彬斗さんがいれば物売りや客引きなんて怖くない。

美玖ちゃんがいた時はふたりだったからなんとか大丈夫だったけれど、ひとりになってしまったので市場へ行くのは躊躇していた。


ルクソールのマーケットへやって来た。

色とりどりの商品が並ぶ市場には、手作りのアクセサリーや数えきれないくらいのスパイスが並んでいる。

彬斗さんに説明を受けながら歩を進めていると、見るからに涼しげなエジプトの民族衣装が売っている店の前で足を止めた。

水色のストンとした膝下より長めのワンピースのような民族衣装に目を奪われたの

だ。

前身頃に美しい刺繍《ししゅう》がしてある。

「これはガラベーヤというんだ。通気性のいいエジプト綿でできている。君に似合いそうだ」

「心惹かれますが、着る機会もないのでやめておきます」

大きく紙に値段が書かれていて、三〇〇〇EGP《エジプトポンド》とあった。日本円で九千円くらいだ。

そこへ女店主がアラビア語でまくし立てるように話しかけてきた。

彬斗さんが首を振って何か言っている。

「なんて……？」

「安くすると。二〇〇〇と言っている。もう少し値切ろう」

「値切るなんて……この人たちにも生活がかかっています」

「この値段は観光客用だよ。地元民が買うのなら五〇〇くらいだろう」

彬斗さんは楽しそうだ。

私たちが話をしていると、女店主が焦《じ》れたように彬斗さんに何か言っている。

彬斗さんが頷いて財布を出そうとしているのを止める。

「私が！　いくらでしたか？」

ショルダーバッグから財布を出した。

「一〇〇〇だ。日本円で三千円くらい」

「彬斗さんは支払わないでください。自分で買います」

紙幣を出して女店主に渡すと、ガラベーヤを適当に畳んでビニール袋に入れて差し出され、受け取ってその場を離れる。

「彬斗さんのおかげでとても安く買えました。ありがとうございました」

「俺が買ってあげようと思ったのに」

彼の言葉に、大きく首を左右に振る。

「だめです。いろいろしてもらったのに、服まで買ってもらえません」

彬斗さんは仕方ないなというように、ふんわりと笑みを浮かべた。

四、最後の思い出に

目が覚めた時、ここにいられるのも今日と明日の午前中までという喪失感と、彬斗《あきと》さんとギザへ行き発掘調査を見学できるワクワク感に襲われた。

「はぁ……」

今日一日、まだ楽しいことがあるが、現実と向き合わなければならない時が徐々に近づいてきていて、胸が苦しくなる。

ベッドから降りて、ハンガーに掛けたガラベーヤの前に立つ。

昨日ホテルに戻ってから、手洗いしてランドリールームに置いてある洗濯乾燥機の脱水機能だけ使ってから部屋に干してベッドに入った。

「乾いている」

エジプトにいるうちに着てみたかったのだ。

彬斗さんが迎えに来てくれるのは九時。今は七時三十分。

着替えたら、朝食を食べに行こう。

ジーンズを穿《は》いて水色のガラベーヤを着てから、姿見の前でくるりと回る。

我ながら似合っているように思える。刺繍《ししゅう》がきれいで買ってよかったし、日本では部屋着として着られそうだ。

髪はうしろでひとつに結んで、メイクをし終えた。

ポケットに部屋の鍵とハンカチ、スマートフォンだけ持ってレストランへ向かう。

ブッフェでスクランブルエッグとウインナー、ロールパンにコーヒーを選び、テーブルに着く。

食べていると、テーブルの上に出しておいたスマートフォンがメッセージを受信した。

スマートフォンを手に取り名前を見た瞬間、心臓がドクッと跳ねた。

林原《はやしばら》さんだった。

読みたくないが、読まないわけにはいかない。

スマートフォンをタップしてメッセージを開いた。

【エジプト旅行をしているんですね。お父さんの借金は二億五千万に膨れ上がりましたよ。負けるのに賭け続けている。バカな男だ】

二億五千万？

【お金を絶対に貸さないでください】

それだけ打って返信すると、すぐに林原さんから戻って来る。

【帰国したら会いましょう。それまでに決心がついているといいのですが】

決心……林原さんは継父《ちち》にお金を貸すことも、借金が増えていくのもまったくかまわないと思っている。

念願の旅行だというのに、常にこの問題に向き合っていなければいけないの？

悔しさにうつむきそうになる顔をぐっと堪《こら》える。

……今日だけはこのことを考えないようにして、目いっぱい楽しもう。

彬斗《あきと》さんと過ごせるのも今日限りなのだから。


九時少し前にホテルのエントランスで待っていると、黒塗りの高級車が止まり、彬斗さんが降りてきた。

黒いTシャツとビンテージものらしいジーンズを穿いている。

私も彼に近づく。

「おはようございます。今日もよろしくお願いします」

頭を下げると、彬斗さんが笑顔で口を開く。

「ガラベーヤだから、見間違いそうになった。よく似合っている」

「今日着てみたかったので、昨日戻ってから洗濯したんです」

「ガラベーヤを着た月乃さんとピラミッドを一緒に写真に撮ろう。きっと絵になる。じゃあ、行こうか」

「よろしくお願いします」

車に乗り込み、ギザに向かって走り出した。


再びピラミッドが見えてきたが、車はさらに進む。

そして車が止まったところから少し砂漠を歩くと、発掘調査の現場が見えてきた。

砂漠の広がる中で、何十人もの人たちが熱心に作業をしている様子が見えた。

「ここが発掘現場だ。古代エジプトの秘宝が眠っているかもしれない場所なんだ」

その光景を食い入るように見つめる。

「ここで古代の遺物が見つかったことがあるんですか?」

「ああ。いくつも出てきている。有力な場所なんだ。あっちへ行ってみよう。実際に見てみるともっと感動するぞ」

現場に近づくとエジプト人らしき男性がやって来て、彬斗さんと話をしている。

話が終わると発掘現場の一角に案内され、古代の陶器の破片や、石の道具が丁寧に掘り出されているのを目にした。

彬斗さんはスコップを手にする。

「月乃さん、やってみる？」

「え？　いいんですか……？」

私なんかが神聖な発掘現場に手を出していいのだろうか。

「もちろん。こんな機会めったにないだろう？　注意深く掘ってみて」

スコップを受け取って、掘られた一メートル四方ほどの穴に入り、慎重に地面を掘り進めた。

柔らかい砂を少しずつ掘り下げていくと、何か硬いものが触れた。

「彬斗さんっ！　何か見つけたかも！」

興奮から声を上げると、彼は隣で覗《のぞ》き込みながら、「ゆっくり、慎重にね」とアドバイスしてくれる。

ドキドキする心を落ち着けて、周囲の砂を丁寧に取り除いた。すると、古代の小さな欠片《かけら》が現れた。

「これは？」

「少し端がカーブしているから、陶器の欠片みたいだな」

彬斗さんは先ほど話をしていた男性を呼んで、それを見せる。するとやはり陶器の破片で、辺り一帯によく出土すると教えてくれた。

「これが本当に何千年も前のものだなんて、信じられない……彬斗さん、私、それを手に持っているの」

「素晴らしいね、月乃さん、本当に見つけたんだ。写真を撮ろう」

彬斗さんが記念に写真を撮ってくれる。

自分が歴史の一部に触れたことを実感し、心の中で大きな喜びを感じた。

その後、発掘現場の近くの砂丘でシートを敷き、彬斗さんがホテルに頼んで用意してくれたランチをいただいた。

ランチまで用意してくれた彬斗さんに感謝の念に堪《た》えない。

真っ青な晴れ渡った空、今日は風もなく、外で食べるのにちょうどよくて、清々しい気持ちだ。

発掘現場ではエジプト人のスタッフが丁寧に発掘していたり、掘った砂を別の場所へ運ぶ人がいたり、いろいろな仕事を皆がしっかり請け負って動いているのが見える。

「彬斗さんの会社は発掘現場で働く人たちのスポンサーなんですよね？」

「そう。発掘には時間がかかるから、彼らの生活を援助しているんだ」

「ごちそうさまでした。援助はエジプト政府ではだめなんですか？」

食べ終わったランチボックスを片付けながら尋ねる。

「していないこともないが、今世紀にすべてを出土させるには大勢に働いてもらわなければならないから、それには資金が足らないんだ」

「彬斗さんの会社はエジプトに貢献しているんですね」

そんな素晴らしい会社があるなんて知らなかった。

「まだ発見されていないファラオ関係のものを見つけたら、名誉があるからね。うちの発掘調査隊は今世紀最大の発見を目指しているんだ」

「ロマンがあります。私も考古学を目指してここで働いてみたかったな」

「また来ればいい。今日の月乃さんは、時々物悲しそうな顔をしている」

「え？　そ、そうですか？　そんな顔をしていたとしたら、明日帰らないとならないから寂しいのだと思います」

その機会が訪れるのか……いけない。その件は考えないことにしたんだわ。

沈みそうな気持ちを抑えて、笑みを向ける。

「彬斗さんはいつ帰国ですか？」

「二日後だ」

「私に付き合ったせいでお仕事が滞っていなければいいのですが……」

「そんなことない。俺もエジプトに来て久しぶりに楽しんでいる。月乃さんのおかげだよ。君の目から映る遺跡に、あらためて新鮮な気持ちで接することができた」

本当に優しい男性だ。こんな素敵《すてき》な人と恋愛できたら幸せな人生を送れるはず……。

未来の私は幸せなのであろうか……。


発掘現場をもう一度見せてもらってから、再び移動して、ピラミッドへやって来た。

「写真を撮ってあげよう。ここに立って」

ピラミッドをバックに私を立たせた彬斗さんは、かなり後方に下がってからスマートフォンをこちらに向けた。

取り終わったようで彼に近づき、たった今写した写真を覗《のぞ》き込む。

ピラミッドと私、そしてラクダと手綱を持つエジプト人男性が映り込んでおり情緒がある。

「被写体はともかく、構図が素晴らしいですね」

「被写体も最高だと思うが？」

「お世辞はいいですから」

そう言って笑う。

とても楽しいのに、ふいに林原さんのことを思い出しては、言いようのない焦燥感に駆られる。

「どうかした？」

「え？　いいえ。この写真、送ってくださいね」

彬斗さんはスマートフォンをタップすると、私のポケットのスマートフォンが何度も振動した。

「ありがとうございます」

昨日に引き続き、ツアーではきっと感じることのできなかったエジプトを間近に感じることができた。

ピラミッドのゲートが閉まる時間が近づき、もう帰らなければならない。

週末にピラミッドはライトアップされるというが、それを見られず残念だ。

「月乃さん、エジプト最後のディナーに招待したい。招待だから、支払いなど気にしないでほしい」

「彬斗さん……いえ、それでは申し訳ないです」

「いいから。君と夕食をしたいんだ。カイロに戻ったら、お互いひとりで長い夜を過ごすことになるだろう？　哀れな独身男に情けをかけると思って、どうか一緒に食事をしてくれないか？」

彬斗さんは私に気を遣って、哀れな独身男と言ったのだ。

出会ってから数日しか経っていないけれど、一緒にいてこんなに心地よい男性の存在は初めてだった。

容姿端麗で博識で会話から頭がいい人なのだと思う。絶対にモテるのは自分でもわかっているはず。

でも私に気を遣わせないためにそんな風に言うのなら、申し訳ないと思いつつも断れない。

「……わかりました。ご一緒させてください」

「よかった。これで侘《わび》しくひとりで食べなくて済む」

「もう……彬斗さんったら……誘っていただけて感謝しています。私も最後の夜に寂しくファストフード店のハンバーガーを食べなくて済みます」

彬斗さんが目じりを下げて口元を緩ませる。

「じゃあ、カイロへ戻ろう」

「はいっ、名残惜しいですが、写真をたくさん撮っていただいたので、大丈夫です」

ゲートを出て、待っていた車に向かう途中も物売りが近づいて来ることはなかった。


車はナイル川沿いにある五つ星ホテルのエントランスに止められた。

「ここでお食事を……？」

「そう。このホテルは会社の定宿で、エジプトの伝統料理を創作したメニューがあっておいしいから、絶対に君に食べてほしくてね。料金は気にしないでくれ。東京で食べるよりもリーズナブルだから」

彬斗さんの言葉を真に受けてしまっていいのだろうか。

「最後に君を襲うなんてことはしないから、どうか安心して。月乃さんの身は安全だ。誓うよ」

「そ、そんなこと、まったく考えていないです」

否定しながらも、私はまったく彬斗さんに魅力的に映っておらず、女性として見られていないのだとがっかりする。

私を妹みたいに思っているのかもしれない。

「こっちだ」

彬斗さんはラグジュアリーなロビーへ歩を進める。

ロビーは豪華な大理石の床で、天井には見事なシャンデリアが輝き、きらめく光がロビー全体を照らしている。

私が泊まっているホテルとは比べ物にならないくらい素敵だ。

壁には高価なアート作品が並び、豪華なカーテンが大きな窓を飾っていて、深紅のソファや椅子が配置されている。

座るだけでリラックスできそう……。

中央には美しい花々が飾られた大きなフラワーアレンジメントがある。

エレベーターで六階まで行き、降りた先は高級感あふれるレストランの入り口だ。

「あの、彬斗さん、私はこんな格好です。このレストランにはふさわしくないと思うんですが……」

「俺だってTシャツにジーンズだ。伝統衣装を身に着けた月乃さんのほうがいい。大丈夫。追い返されないよ」

自信たっぷりに言って、入り口に立っている男性スタッフにアラビア語で話しかける。

男性スタッフは笑顔で彬斗さんと話をしていて、問題なさそうだとほっと胸を撫《な》で下ろす。

案内されたテーブルは、大きな窓からナイル川が眺められるテーブルだった。四人掛けの四角いテーブルにラグジュアリーな革のどっしりとした椅子で、スタッフに引かれて腰を下ろす。

夢のようなロマンティックなシチュエーションだ。

テーブル中央に置かれたキャンドルの柔らかな光が揺らめき、静かな音楽が流れている。

何組もテーブルに着いて食事をしている。

「こんな素敵な場所でディナーをするなんて、本当に夢みたいです」

「現実だから。昼はランチボックスだけだったからおなかが空いただろう？　実はもうメニューは頼んでいるんだ」

「恥ずかしながら空いています。砂地を歩くのって体力を使いますね。メニューは聞かれても困るのでありがたいです」

「本当に君は優しく気遣いのできる女性だな」

褒められて顔に熱が集まって、心臓がドキドキしてくる。

スパークリングワインが運ばれてきて、男性スタッフがフルートグラスに注ぎ、立ち去ると私たちは乾杯した。

すぐに色鮮《あざ》やかなサラダが運ばれてきて、さっそく食べ始める。

「おいしいです。レモンが爽《さわ》やかですね」

「気に入ってくれてうれしいよ」

次に給仕されたモロヘイヤのとろみのあるスープも絶品だし、マハシという野菜の中に挽肉《ひきにく》が詰められた煮込み料理や、ババガヌーシュというナスのペーストをパンにつけて食べるのもおいしくてどんどん食が進む。

スパークリングワインもいつもより飲んでしまい、体がふわふわしている。

楽しい時間を一秒一秒大事にしていたが、そろそろ食事は終わりに近づいている。

デザートも食べ終わってしまった。

終始他愛のない話をしていたが、食事が終わり、あと少しで彬斗さんと別れなければならないと思うと、悲しみと寂しさがぐっと押し寄せてくる。

まだ一緒にいたい……帰国したら、私は好きでもない男性に体を差し出さなければならない。

「もう二十一時か……そろそろ送っていこう」

彬斗さんが席を立つのを見て、私は返事をすることができないまま、必死に勇気をかき集めていた。

「月乃さん？　もしかして酔いが回った？」

「え？　は、はいっ。い、いいえ。酔ってないです」

支離滅裂になりながら、座り心地のよかった椅子から腰を上げた。

「本当に？　大丈夫かい？」

「はい。本当に大丈夫です……」

このあと、彬斗さんを驚愕《きょうがく》させてしまうことを考えているので、まともに彼の顔が見られない。

――初めて好きになった人、あなたに抱いてもらいたい……。

「ごちそうさまでした。今までごちそうしていただいたすべてがおいしかったです。彬斗さんのおかげで素晴らしいエジプト旅行になりました」

頭を下げて今日のお礼を口にした。

「俺も月乃さんのおかげで、ひとりでの味気なかった食事がおいしく食べられた」

彬斗さんは私を促し、レストランの出口に向かう。

レストランを出てエレベーターホールへ歩を進める彬斗さんのうしろ姿をじっと見

つめる。

〝言うなら今よ〟と自分を鼓舞してみるものの、心臓が破裂しそうなほどドキドキするばかりで、口を開いては閉じてを繰り返すばかり。

すると、彬斗さんがふいに立ち止まり、寸でのところでぶつかりそうになった。

エレベーターを背に、彼が振り返る。

「月乃さん、デザートを食べている頃から口数が減ったし、何か気にかかることがあるように見える」

気づかわしげな視線を向けられ、顔を逸《そ》らしたくなるのをぐっと堪える。

「……本当に彬斗さんは洞察力が鋭《するど》いですね」

「いや、月乃さんがわかりやすすぎるんだ。どうかした？」

今言わなきゃ。ここで何も言わなかったら、このままホテルに送られて終わってしまう。

私は大きく息を吸うと、勇気を振り絞り口を開いた。

「あ、あの。彬斗さん、驚かないで聞いてください」

「驚かないで？　どうしたのかな？」

「こ、こんなところで話すことではないですが……私を……私を、抱いてくれませんか？」

「抱く？　もちろん」

次の瞬間、彬斗さんの腕に引き寄せられて抱きしめられていた。

彼がつけている爽やかで落ち着きのある、ウッディの上品なフレグランスの香りが鼻をくすぐる。

ああ……私がちゃんとはっきり言わないから……。

〝抱いてほしい〟がセックスに結びつかないのは、やっぱり彼は私のことを妹のようにとしか思っていないからなのね。

「あ……りがとう……ございました」

がっかりした気持ちを隠して彬斗さんから離れようとするが、どうしてか私を抱きしめる腕の力は強くなり、彼は離してくれない。

「あ、彬斗さん……？」

「月乃さん、単なるハグの意味じゃないだろう？」

わかっていたの？　……そうだよね。洞察力が優れている彬斗さんなら、私が考えていることなんて簡単にわかるのかもしれない。

「……はい。彬斗さん、今夜だけでいいんです……私を抱いてもらえませんか？」

緊張から震える声は、我ながら消え入りそうに弱々しく聞こえる。

彬斗さんの反応も、返事を聞くのも怖くて、顔をうつむけてしまう。

「い、嫌ならいいんです。男性を誘う女性に嫌悪感があるのなら……突き放してもらってかまいません」

「……君と出会えたことが大切で、俺を信用してもらえるまでゆっくり進めていこうと思っていたのに」

「え……？」

戸惑いに顔を上げれば、彬斗さんの吸い込まれそうなほどきれいな黒い瞳が、じっと私を見下ろしていた。

熱を孕《はら》んだ視線に射すくめられ、ハッと息を呑《の》む。

「おいで。俺の部屋へ行こう」

彬斗さんの指が私の指の間に交互に差し入れられ、ぎゅっと握られる。親密さが増した手の繋ぎ方にドクッと心臓が跳ねた。

やって来たエレベーターに乗り込み、彬斗さんは最上階の二十二階のボタンを押す。

何か話そうと思うのに、喉に舌が張りついてしまったみたいに動かず言葉が出てこない。心臓が今にも飛び出しそうなほどドキドキしている。

そうしているうちに、エレベーターは最上階に到着した。

エレベーターから降りると、豪華な赤い絨毯《じゅうたん》の敷かれた廊下を進み、彬斗さんは突き当たりの観音開きのドアにカードキーを差し込んでロックを解除する。

このドアを潜《くぐ》ったら、私は彬斗さんに抱かれる。

私が男の人を誘う日が来るだなんて……。

これまでの自分からは考えられないような、あまりにも大胆な行動にくらくらと眩暈《めまい》がする。

緊張で足がかすかに震え、今にも膝から床にくずおれそう。

だけど、ここでひるんでいたら望みは叶《かな》えられない。

——好きになった人に抱かれたい。

それが今の私の、心からの望みなのだから。


彬斗さんは私を先に促して室内へ入った。

ここは……。

広すぎるラグジュアリーな部屋に困惑する。

「スイートルーム……では……？」

「ああ。会社が年間通して借りている部屋なんだ」

「年間通して……本当にすごい会社にお勤めされているんですね。スイートルームなんて初めてです。一生入ることなんてないと思っていました」

「さてと、月乃さん。本当に俺に抱かれる気？」

彬斗さんはソファのアームの部分に腰を寄りかからせ、まっすぐな視線を私に向けて尋ねる。

「本気です。私の望みは……彬斗さんに抱かれることです」

口が裂けても〝愛されること〟なんて言えない。そんなことを言ったら、彼はやめてしまうかもしれない。

「お互いに名前しか知らないのに、いいのか？」

「はい。後腐れなく……」

悪女っぽく言えたのならよかったのに、性格的に難しい。

「わかった。じゃあ、シャワーを一緒に浴びようか」

「ええっ？」

「一日中、砂地にいたんだから、髪の中まで砂が入っていそうだし」

彬斗さんはアームの部分から立ち上がり、私のショルダーバッグを外してソファに置いてから奥に連れていく。

もう心臓が暴れていて痛いくらいだ。

シャワーを一緒にだなんて……。

男性に体を見せたことがないのに、明るい電気の下で裸になるのはハードルが高い。でも、恥ずかしがってなんていられない。彬斗さんに抱いてもらうのが、私の最後の自由だから。

林原さんの手にかかる前に、好きな人に抱かれるのだ。

バスルームの手前の部屋で、彬斗さんは黒いTシャツを脱ぐところを目の当たりにする。

半袖から覗《のぞ》く腕は筋肉質だなと思っていたが、上半身裸の彼はきれいに筋肉がついていて、腹部も割れているのを目にして顔が熱くなってくる。

「脱ぐのは俺だけ？　それとも脱がそうか？」

彬斗さんは自分のジーンズに手をかける。

「じ、自分で脱ぎます。先に入っていてください」

「わかった」

背を向けてガラベーヤのボタンを上から外していくうちに、ドアの開く音がして私ひとりになった。

恥ずかしがって焦らしてしまったら、抱いてもらえないかもしれない。

怖じ気づきそうな心に活を入れて、ガラベーヤとジーンズ、下着を一気に脱いで、一糸まとわぬ姿になった。

このまま彬斗さんの目に晒《さら》すのは恥ずかしすぎるので、大判のタオルを巻いてドアを開けた。

次の瞬間、バスルームの豪華さに目を丸くさせる。

一画にあるガラスのシャワーブースに彬斗さんがいて、心臓を跳ねさせながら近づく。

ガラスに囲われたブース内は湯気で白く覆《おお》われていて、中がほとんど見えないのが救いだ。

大きく深呼吸してから、シャワーの音で聞こえないかもしれないが、ガラスのドアを叩《たた》いてから開けた。

彬斗さんは頭から泡を洗い流し終わったところで、目と目が合う。

「おいで」

手を差し伸べられ中へ引き込まれた。

「緊張してる？」

「そ、そんなことないです」

虚勢を張ってみるも、彬斗さんの口元が緩んでいる。

心臓の高鳴りは変わらずだが、その笑みに少し緊張が和らいだ時、バスタオルを巻いた腰が引き寄せられ、片方の手で顎を持ち上げられ唇が塞《ふさ》がれた。

「んんっ……」

初めて男性とキスをしたのに、戸惑っているうちに口の中に舌がするりと入り込んで、驚いている間に絡ませられる。

何……この感覚……。

舌が絡み合った瞬間、下腹部がズクッと疼《うず》いて理性が取り払われていくような感覚を抱く。おずおずと彬斗さんの舌を吸い、激しくなっていくキスを受け入れているうちに、バスタオルが取られていた。

素肌を晒してしまい、彼の視線から逃れたくなるが、そんなんじゃだめ。と、自分に言い聞かせる。

シャワーの温かいお湯が私たちの体を打つ。

視線を下げることもできず、彬斗さんの顔を見つめていると、彼はソープディスペンサーからシャンプーらしき液体を出して、私の髪につけると長い指で洗い始めた。

「じ、自分で……」

「すぐ済む。月乃さんの髪は手触りがとてもいい」

ということは、他の女性も洗ったことがある……ということ？　もちろん、彬斗さんのような人に女性の影がないのはありえないけれど、ちょっと複雑な気持ちだ。

髪が洗われ、トリートメントもされた。

五つ星ホテルのシャンプーとトリートメントは最高級ブランドのものらしく、シャワーブースはいい香りに包まれる。

砂ぼこりがすっかり洗い流された。

続いてスポンジにボディソープをつけて細かく円を描くように私の体が洗われ、なすすべもなくその場に立っていた。

その時、スポンジが胸の頂《いただき》に触れ、ビクンと体が跳ねる。

「透明感のあるきれいな肌だね」

褒められてうれしいが、羞恥心《しゅうちしん》は増すばかりだ。

泡だったスポンジでくまなく滑らせられると、全身が敏感になって立っていられなくなるほどの刺激に衝撃を受ける。

こんな風になるなんて……。

スポンジを棚に置いた彬斗さんは、さらに手のひらで肌を滑らせていく。胸がやんわりと揉《も》みしだかれ、驚いている間にもう片方の手が下腹部へ移動していく。

「あ！　そ、そこは……ゃ、っ……」

自分の体の反応に驚いていると、シャワーで泡が流された。

「月乃の体に触れたせいで欲情してきた。出よう。ベッドで君を愛させてくれ」

月乃と呼ばれるのが心地いい。

〝愛させてくれ〟なんて、セックスの上での単なる表現……そうわかっているのに、心の底から湧き上がる喜び。

「どうした？」

「え？　いいえ……」

彬斗さんは麗《うるわ》しく笑みを浮かべ、シャワーブースのドアを開けて棚から大判のタオルを取ると私を包み込んだ。

「んっ、ふ……ああっ、だ、だめ……」

「だめ？　こうされるのは好き？」

ねっとりと舌で胸の頂を舐《ねぶ》られる。

「彬斗さんに……触れられるのが、んぁ……好き……」

キングサイズのスプリングのきいた広いベッドの上で、彬斗さんは敏感な場所を攻めて私を高みに持っていった。

バージンなのに、彬斗さんの愛撫のおかげで痛みを覚えることなく、好きな人と抱き合い快楽を求め合った。

彬斗さんは優しく紳士的に、私が絶頂を迎えられるように動き、私はされるがまま、彼に身を委ねていた。

彬斗さんに抱かれて信じられないほどの喜びを覚えてしまった。砂漠のような乾ききった大地に雨が降る感覚に似ているのかもしれない。

おかげでどうしようもない気持ちの整理ができた気がする。

帰国したら林原さんと結婚して、継父を病院に入院させよう。

好きな人に抱いてもらえ、与えられる快楽の喜びを知った。

これで踏ん切りがついた。

腕枕をして眠っている彬斗さんからどうやって気づかれずにベッドを抜け出して、

ホテルに戻れるか。

朝起きてから〝さようなら〟ではつらすぎるから、黙って去るのが一番だ。

しばらくして彬斗さんが寝返りを打ち、離れることに成功した。

彼はぐっすり眠っているみたいで、柔らかい明かりの中、整った顔を見つめる。私より長いのではないかと思われるまつ毛が頬に影を落としている。

彼のような人を眉目秀麗と言うのだろう。

彬斗さん、あなたに会えてよかった。

あなたと過ごしたこの三日間は人生で一番幸せだった。

ここを離れたら夢から覚めるけれど、彬斗さんとの思い出があればどんな困難にも立ち向かえる。

外が白むまで眠らずに、彬斗さんと出会ってからを思い返していた。

こんな素敵な人をずっと愛し続けることができないなんて……。

自分の運命を恨み、ぎゅっと胸が締め付けられて涙が頬を伝う。

だめよ。楽しいことを考えなきゃ。

ふいに彬斗さんは寝返りを打って私に背を向けた。

彼の顔が見られないのは寂しいが、これならば見つかることなく部屋を出られそうだ。

外も明るくなってきたし、そろそろ帰らなければ。

今は興奮状態なのか眠気はないが、部屋に戻ったら睡魔に襲われそうだ。

空港へ行く前まで眠る時間はある。

そっと床に足をつけてパウダールームで脱いだガラベーヤとジーンズを身に着けてからソファへ行き、ショルダーバッグを手にした。

彬斗さんにはあとで〝ありがとうございました〟と、メッセージを送ろう。

私が誘うまで関係を持とうとしなかったのは、その時限りでかまわないからだろうし、これからも会いたいと言われないかもしれないが、万が一言われても会えないから、メッセージでさよならを告げよう。

ドアに向かって歩き出した時――。

「何も言わずに去るのか?」

凛《りん》とした声が部屋に響き、ビクッと肩が跳ねた。

「……そのつもりでした。もう二度と会わないので……あとでメッセージを送ろうと」

ふいに衣擦《きぬず》れの音がして慌てて振り返ると、すぐうしろにサテン地のローブを着た彬斗さんが立っていて抱きしめられる。

「彬斗さんっ！」

「月乃が抱えている問題を俺に話してもらえないだろうか？」

「わ、私には抱えている問題なんてないです。離してください」

彼の腕の中で身じろぐが、びくともしない。

「月乃、俺なら力になれる」

いくら彬斗さんが優秀な社員でも、私の力になるのは無理だ。

「……たしかに問題を抱えていますが、彬斗さんが力になれるわけがないです」

「話してみなければわからないだろう？　一夜限りの関係で終わらせたくない。東京《とうきょう》へ戻っても会ってくれないだろうか？」

ハッとして、彬斗さんの顔を見上げる。

「君と一緒に過ごす時間が、何よりも特別だった。月乃もそうだったと思いたい」

その言葉に心は温かくなり、彼の優しさに感謝の気持ちがあふれた。

帰国してからも彬斗さんと会って楽しく過ごせたら……。

でも今の私にはそれはできない。

初めて恋をした男性から、この先の約束をもらえたのに……。

心の中では彼への愛があふれていたが、それを伝えられない苦しい現実があった。

胸が締め付けられるような痛みを感じながら、深呼吸をして口を開いた。

「私には結婚相手がいるんです」

かすかに声が震えるのを止められない。

「結婚相手が……？」

彬斗さんは驚いた様子で目を見開く。その瞳に映る自分の姿を見て、涙があふれそうになるのをぐっと堪えた。

「本当に？」

彬斗さんの眉が寄せられ、困惑した目で見つめられる。

「はい。結婚前に羽目を外したかったんです。彬斗さんのような素敵な人と遊べればいい程度で誘惑したんです」

目を逸らし、心の中で必死に言葉を紡いだ。

本当に好きなの。でも……私の家の事情に彬斗さんを巻き込むわけにはいかない。

相手は違法なことに手を染めている人だから、絶対に巻き込めない。

彬斗さんの表情がさらに険しくなった。

「そんなこと、信じられない。君は処女だった。その様子では結婚相手は無理やり押し付けられた人だろう？」

私がわかりやすいのか、彼はズバリ指摘する。

「そんなことっ――」

「月乃。俺が助ける」

「無理なんです！　お願い。もうホテルに戻らないと」

私を助けるなんて到底できっこない。それでも言ったことは有言実行するであろう彬斗さんだから、本当のことは言えない。

「眠っていないんだろう？　少し眠ってからホテルに送っていく。それから空港にも」

「だめです。行かせてください」

「月乃。落ち着くんだ。俺は君と出会ってから心が満たされたんだ。キラキラ瞳を輝かせて、俺が好きなエジプトの遺跡を楽しむ君に惹かれた。月乃のような人は初めてだったよ。何事にも楽しむ君は素敵な女性だ。そんな女性と東京に戻ってからも会って愛を育みたいと思った。どうしても結婚しなければならないのなら、俺と結婚しよう」

彬斗さんと結婚できたのならどんなに幸せだろう。

でもそれはできない。

会話は堂々巡り……ここはわかったと言って、連絡を絶てばいいのだ。

絶対に彬斗さんを巻き込まない。そう決意して、私は彼の目をじっと見つめる。

「……本当に私と……？　東京で……会ってくれるんですか？」

「ああ。帰国したら、連絡する。月乃の力になりたい。だから結婚しなくてはならないのなら俺が今ここでプロポーズする」

今は私を助けようと必死になってくれているが、離れたら気持ちは変わるはず。

ふたりで過ごした時間は濃くて、親密なものになったけれど、それは景色と周りにとらわれずに過ごせたからだ。

私のことは名前と電話番号しか知らないのに、彼はここまで親身に真剣に向き合ってくれて心がぐらつく。

けれど、諦めなければ……。

好きになった人に望んでもらえた。

それだけで、きっとこの先も生きていける。

「ありがとうございます。本当に私と結婚を……？　理由も聞かないで？」

「ああ。結婚しよう。俺は君が好きで、手放したくない」

彬斗さんの言葉に涙腺が決壊して涙が頬を伝う。

次の瞬間、強く抱きしめられていた。

「……や、約束してください。私と結婚してくれるんですね?」

「ああ。帰国したら準備を始めよう。君は俺の出張のたびにここへ来て楽しむんだ」

出張のたびに……なんて魅力的な話なのだろう。ふたりでルクソールを歩いている景色が脳裏をよぎる。

でも、一介の社員が妻を同行させて出張なんてできるわけない。

「じゃあ、三時間くらい眠るんだ。それから送っていくから」

彬斗さんに手を引かれ、ベッドへ戻る。

乱れたシーツを目にして、ドクッと心臓が暴れる。

彼は私からショルダーバッグを取って近くの椅子に置くと、横になるように言った。

寝坊しないようにスマートフォンで三時間後に設定してから、彬斗さんも私の隣に体を横たえる。

それから腕枕をして私を抱きしめた。

顔が彬斗さんの首元に近づき、男らしい喉仏が目に入る。

本当は彬斗さんに何もかも話して、それで解決策が見つかるのなら……と、気持ちは揺れ動いているが、それは絶対にだめ。

きっと、彼を危険な目に遭わせてしまうだろうから。

「心配事は俺に任せて、目を閉じて」

優しい声色に、いろいろと限界を迎えていた私はスーッと眠りに引き込まれた。


『Attention, please. Flight MA985 to New York is now boarding at Gate 23. All passengers, please proceed to the gate. Thank you』

カイロ国際空港の出発ロビーに英語とアラビア語でのアナウンスが交互に流れる。

旅行者たちが行き交い、キャリーケースを引きながら急いでいる人や、別れを惜しむように抱き合う家族など、様々な人種、老若男女が見られる。

眠ってしまってから三時間後、目覚ましの音にまったく気づけなかった私は彬斗さんに優しく起こされて目を覚ました。

彬斗さんは着替えを済ませていて、ルームサービスで朝食を済ませてから、ホテルに送ってくれた。

ロビーで待っていてくれた彬斗さんは黒塗りの高級車でカイロ国際空港へ一緒に来てくれた。

別れが徐々に近づいているのがつらくて、たくさん話したいことはあるのに口数は少なくなる。

「彬斗さん、ありがとうございました……先に戻っています。帰国したら……連絡ください」

「ああ。連絡する。あと数日休暇を取れるのなら一緒に帰国できたのだが」

「ごめんなさい。プライベートジェットで帰れる機会だったのに、もったいないことをしました」

そう言って笑みを漏《も》らす。

「月乃」

腰に腕が回され彬斗さんの顔が近づく。彼の瞳に私の顔が映るのを見て目を閉じた瞬間、唇が重ねられた。

甘く唇を食《は》むようにしたあと、唇が離れる。

「……では、東京で……連絡待ってます。お仕事を中断させてしまって心苦しかったですが、残りの日数でお仕事が滞りなくいくことを祈っています」

切なくて瞳が潤んでくる。瞬きをしたら涙がこぼれ落ちそうだ。

「ああ。仕事は大丈夫だよ。連絡をする。じゃあ、もう行く時間だ」

「はい」

頭を下げてから、うしろ髪を引かれる思いで手荷物検査場へ歩を進めた。

もうこれで彬斗さんの顔を見るのは最後……。

そう思ったらもう一度うしろ姿だけでも見なければと振り返った。彬斗さんはまだこちらを見てくれていた。

彬斗さんはまるで「大丈夫だ」というように頷いてから口元を緩ませると、軽く手を上げる。涙を堪えて、それに応えるように私も大きく手を振った。


ドーハ経由で羽田空港に到着したのは翌日の二十時だった。

本当ならば十五時四十分の到着予定が、ドーハでの機材整備で時間がかかり予定より四時間以上遅くなっての帰国だ。

飛行機の中では行きの楽しい期待感とは裏腹に、待ち受けているこれからのことが重く心にのしかかり、そして彬斗さんや素晴らしかったエジプトの日々から現実に戻されてしまった喪失感で、鬱々《うつうつ》としていた。

羽田空港に旅客機が着陸してスマートフォンの電源を入れると、美玖ちゃんからメッセージが届いていた。

【月ちゃん、飛行機の到着時間が遅くなっているみたいだね。気をつけて帰って来てね】

そのメッセージが入っていた時間は十八時過ぎなので、帰宅しないのを心配して調べたのだろう。

【機材整備があってドーハで何時間も待たされたの。到着したから、これから帰るね】

それだけ打って、美玖ちゃんにメッセージを送った。

リムジンバスに乗って最寄り駅に到着したのはそれから二時間後だった。

バスが発車してしまったばかりで、三十分ほど待ったのだ。

ようやく自宅に到着したのだが、そこが牢獄のように見えて門を入ってからその先の一歩が金縛りにあったみたいに踏み出せない。

そこへ玄関のドアが開いて、美玖ちゃんが顔を覗かせた。

「月ちゃん、おかえりなさいっ」

たった今戻って来たのだと思った妹は、にっこり笑って出てきた。

「荷物貸して、私が持っていってあげる」

美玖ちゃんは私の手からキャリーケースを受け取って、家に入っていく。

彼女のあとから玄関に入ると、継父が待っていた。

「ただいま戻りました」

「ああ、おかえり。ひとりでも楽しめたかね？」

機嫌がよさそうに見える。

「はい」

返す言葉が見つからない。楽しめたと言えば、「妹が怪我で帰国したのを幸いと、ひとりで楽しんだんだろう」などと不機嫌になりそうで。

「月ちゃん、疲れてるよね。お風呂に入って早く寝たほうがいいよ」

「ありがとう」

「そうしなさい」

美玖ちゃんのおかげで、継父は自室に消えていった。

「私も部屋へ行くね。夕食はデリバリーだったんだけど、月ちゃんのはわからなくて頼まなかったの」

「うん。おなかは空いていないから大丈夫よ」

美玖ちゃんは階段を上がっていった。

ふたりがいなくなると、キャリーケースを玄関に置いたまま洗面所から濡《ぬ》れ雑巾を持ち出し、四つのキャスターを拭《ふ》いてから自室へ向かった。

「ふぅ……」

ベッドの端に腰を掛けて出るのはため息だ。

一週間ぶりの自室は、旅行へ行く前となんら変わらないのに、何かが違う気がする。

私が変わったんだ……。

どこかで着信音が鳴っている。

ハッとなって、薄手のコートのポケットを探ってスマートフォンの画面を見る。

彬斗さんだった。

心臓がドクッと跳ねてから、通話をタップして出る。

「もしもし？　彬斗さん」

《着いた頃かと思って。飛行機がドーハでディレイしたこともわかっている。疲れただろう？　旅客機で行くと日本とエジプトでは時間がかなりかかるな》

「はい。ドーハでかなり待って、約四時間遅れで着きました」

《声が疲れているみたいだ。ゆっくり休んで。月乃が帰ってしまってから、何を見ても君と過ごした楽しかったことばかりを思い出す。早く会いたいよ》

優しい声と気遣われていることに胸が熱くなり、切なさが押し寄せてくる。

「私もです……彬斗さんも帰国時にはお気をつけて。もうエジプト料理が食べたいです」

《俺よりもエジプト料理？》

呆《あき》れたような笑い声が聞こえてくる。

「そ、そんなんじゃなくて……」

《わかっている。じゃあ、切るよ。おやすみ》

爽やかに告げられ、通話が切れた。

彬斗さん、ごめんなさい……。

翌日の午後、携帯ショップへ赴《おもむ》いた。

スマートフォンの機種変更をして、番号も変えることに決めている。

旅行のあとの出費は痛いが、彬斗さんと連絡が取れないようにしなければならない。

彼と話をしたり、会ったりしたら決心が鈍ってしまう。

昨日の電話のあとも、気持ちが沈んでしまいお風呂にも入れずに眠りに逃げたのだ。

五、キラキラ輝く瞳に魅せられて（彬斗Side）

俺は西宮《にしみや》彬斗。三十二歳と若輩ながら東京《とうきょう》に本社を置くサファエナジー《sphinx Energy》のCEOをしている。

会社を引き継いだ時は、二十七歳の専務取締役で重役や理事たちの軋轢《あつれき》はひどかったが、業績を伸ばしていき徐々に俺を認めていった。

わが社は石油・天然ガスの探鉱、開発をしている企業で、海外でも積極的に活動しており、この分野において日本のトップ企業としての地位を確立している。

主要なプロジェクトエリアはサハラ砂漠の油田や北海のガス田の採掘、世界中のエネルギー資源の探索などで、最新の技術と専門知識を駆使して、持続可能な方法で供給している。

祖父が起業した会社は従業員五十名で始め、みるみる間に成長したと言う。父が引き継ぎ、俺が大学を卒業し入社した頃には大企業になっていた。

サファはエジプトの象徴的なスフィンクス像から由来している。

祖父の代から父はもとより母もエジプト考古学に多分に興味があり、二十年ほど前から発掘調査隊に援助を続けていた。

古代エジプト好きな両親の影響で、俺も子どもの頃からエジプトの歴史ある遺跡に接してきた。

休暇時に頻繁にエジプトへ飛んでいた両親だが、五年前の春、高速道路を走行中に事故に遭い亡くなった。

サファエナジーは俺が引き継ぎ、発掘調査隊にも援助を続けていた。


東京・丸《まる》の内《うち》にある三十階建ての自社ビルの最上階にあるオフィスのデスクに座り、対面には俺が信頼を置く男性秘書の田中《たなか》さんが立っていた。年は三十六歳で、優秀な秘書だ。

エジプトへ出発の準備が整っている中、最終確認のために打ち合わせをしている。

「田中さん、今のところ問題はない？」

彼はきっちりとした姿勢を崩さず、手元の資料を見ながら答える。眼鏡をかけた真面目な秘書だ。

「はい、すべて順調です。エジプトでのスケジュールも確認済みで、現地スタッフとも連絡が取れています」

「ありがとう。それではスケジュールの確認を。まずはカイロの発掘調査チームとの会議が最優先だ。新しいプロジェクトの進捗状況を確認し、今後の計画を立てる必要がある」

「はい。今回は到着後、文化省の文化遺産局長との会合の約束が入っています」

「ああ、そうだった」

昨日、文化遺産局長からぜひにと連絡が入り、予定に組み込んだのだ。

「はい。翌日は発掘現場へ。三日目は、エジプト考古学博物館の館長との面会が予定され、今回の発見について詳しい説明を受けることになります」

「そうだ、それも重要だ。新しい発見がどれだけ我々のプロジェクトに影響を与えるか確認しなければならない」

昨今、新しい遺跡の発見は見られないが、先日興味深いものが発掘されたと連絡があったのだ。

「その後、ルクソールの発掘調査隊のリーダーと面談。運航上、すべてプライベートジェットの準備も完了しています。出発時間に遅れがないように手配済みです」

デスクの上で両手を組み、笑みを浮かべる。半年ぶりのエジプトへの出張で、仕事ながら気持ちは浮き立っている。

「君のおかげで準備は万全だ。ありがとう。エジプトでの予定は順調に進められそうだ」

田中さんは笑顔で頷《うなず》く。

「お任せください。何か他にご指示があれば教えてください」

「今のところは大丈夫だ。また何かあれば連絡するよ」

打ち合わせを終え、エジプトへの出発に向けて準備を整えた。


カイロ国際空港へ到着し、迎えの車へ向かっているところで、目の前で困り果てているふたり組の女性の姿を見かけた。

姉妹だろうか。透明感のある年上の女性と、大学生くらいの女の子だ。

女性たちの会話は日本語で、「迎えが来ない」などと聞こえてくる。

タクシードライバーたちの勧誘で年上の女性は戸惑い、もうひとりの子は彼らの強引な商売に驚いている。

「月《つき》ちゃん！　この人たちなんなのっ！」

怒りをあらわにしている彼女のキャリーケースが運ばれそうになるところを、必死に「Ｎｏ！」と拒絶しているが、ドライバーたちはしつこい。

エジプトではこういったしつこい勧誘は多い。

「ホテル、マデ？　アノクルマデ、イキマショウ」

片言の日本語を話すドライバーは頻繁に見かける。

ホテルまで彼女たちを届けるだろうが、高い料金を吹っかけるのは目に見えている。

彼女たちが彼らのカモにならないよう近づき、ドライバーたちにアラビア語で話しかける。

『彼女たちには迎えがいる。向こうへ行くんだ』

俺の言葉にドライバーたちは次の客引きでいなくなる。

透明感のある女性は「Thank you. You've been a great help」と、俺を日本人とは思わずに英語で礼を言った。

「俺は日本人です」

「あ……、すみません。本当に助かりました。突然荷物を持っていかれそうになって困って……」

「あの！」

女の子が物おじせずに口を開く。

「さっきの言葉はアラビア語ですか？　話せるなんてすごいですね。ありがとうございました」

「ああ、アラビア語だよ」

しかし、先ほどからの様子から、好感を持てるのはこの子よりも〝月ちゃん〟と呼ばれた女性のほうだ。

パッケージツアーなのかを尋ねると、彼女たちは飛行機とホテルのみでここへ来たと言う。

空港で客をピックアップし、ホテルまで連れていくプランもあるので、彼女たちはそれなのだろう。

「ツアー会社の連絡先はわかる？」

月ちゃんと呼ばれる彼女に尋ねると、彼女はショルダーバッグからノートを取り出し、パラパラめくってツアー会社の詳細を俺に見せた。

めくっている時に、色鉛筆で描かれたピラミッドや遺跡の絵、そこに文字がびっしり書かれているのが見えた。

彼女は遺跡が好きでエジプトを訪れたことがわかり、うれしくなる。

無事にツアー会社のドライバーと連絡が取れ、彼女たちはホテルに向かった。

そのうしろ姿にわずかな名残惜しさを覚えながら、その後、スケジュールどおりに文化遺産局長やスタッフらと夕食を共にし、貢献した証のメダルを贈呈された。


二日後、エジプト考古学博物館の館長と午後に会う約束をしていた。

ハムダン館長は白髪交じりの短髪で、知識と経験が滲《にじ》み出るような落ち着いた表情をしている
『館長。今回はどんな発見がありましたか?』

ハムダン館長は穏やかに微笑《ほほえ》む。

『ニシミヤサン、こちらへいらしたのはたしか半年前でしたね。あれから特別なものがいくつか見つかりました。昨日、実に興味深い石碑が出土しまして、古代エジプトの貴重な遺物です』

彼は俺の名前だけ日本語で呼び、あとはアラビア語で会話をする。

『それは素晴らしいですね。いつもこの場所には驚かされます』

『ここでの仕事は本当に特別です。毎日が新しい発見であふれています。それもニシミヤサンの会社が援助してくださるおかげです』

『昨日の調査で発掘された石碑について、詳細を知ることができますか？』

ハムダン館長はうれしそうに微笑む。

『もちろんです。実は、あの石碑には古代の神話が刻まれているんです。まだ解読中ですが、非常に興味深い内容です』

『それは本当に素晴らしい発見ですね。発掘隊の皆さんもとても喜んでいるでしょう』

『皆さんの努力が実を結んでいるのを見ると、本当にうれしいです。サポートにも心から感謝しています』

少しずつでも遺物が見つかれば、父の遺志を引き継いだ俺も報われるというものだ。

『こちらこそ、皆さんと一緒にこのプロジェクトに関われることが光栄です。引き続き、よろしくお願いします』

出土してまだ展示されていない遺物を保管場所で見せてもらってから別れて、そろそろホテルへ戻ろうと出口に向かっている時だった。

じっくりと微動だにせず模型を見ている女性の姿に足を止めた。

ふいに彼女はこちらへ視線を動かし、目と目が合う。

「あ……」

俺はすぐに空港で助けた女性だとわかったが、彼女はひとりだった。同行者はどうしたのだろう。

声をかけ尋ねると、もうひとりの女の子は妹で、今日のフライトで帰国したという。まだ二泊しかしていないというのに、驚かされた。

彼女は妹を送った足でここに来て、三時間も見て回っていたと言った。

「あ、お礼を言うのを忘れてしまいました。一昨日はありがとうございました。本当に助かりました。海外旅行が初めてなのに迎えの車が来ていなかったので、頭の中が真っ白になっていたところでした」

「今のところ問題なく観光はできている？」

彼女は楽しげな顔で「はいっ」と答えたが、問題がなかったら妹が帰国することはなかっただろうと思う。

俺が口元を緩ませると、彼女は理解できなそうにキョトンとなる。

「妹さんが訳あって帰国したとなると、何かが起こったに違いないが、家で一大事があるのなら、君も一緒にエジプトを離れるはずだ。それなのに君は観光を続けている。となると、妹さんに何かがあって彼女だけ帰国した理由がここにあるんじゃないかと思ってね」

「すごいです……洞察力？　推理力？　当たっています」

「すまない。勝手な想像を」

彼女のプライベートなことまで踏み込んでしまい謝る。

「いいえ。あ、私の名前は――」

彼女は自己紹介をしようとしたが、意外にも俺は覚えていた。

「月《つき》ちゃんだろう？　妹さんが呼んでいた」

「記憶力もいいんですね。驚きました。月乃《つきの》と言います」

「月ちゃんより月乃ちゃんのほうがいいな。そう呼ばせてもらうよ。俺は彬斗」

〝ちゃん〟づけすると、彼女は困惑している。

「で、でも私は二十四なので〝ちゃん〟づけは……」

「わかった。それなら月乃さんと呼ぼう」

「はいっ。では彬斗さんと呼ばせていただきます」

前にも思ったとおり、彼女は透明感のある女性で、今の会話からも思慮深さがあり、もっと話してみたいと思った。

「遺跡には詳しいんだ。何かわからないことがあったら教えられるかもしれない」

「ここは何時間でもいられますね。もう一度見て回ろうとしていました。彬斗さんは観光ではないですよね？」

「そう見える？」

「はいっ。お仕事でいらしているように見えます」

俺は発掘調査隊のスポンサーを務める会社に勤めている会社員だと言う。

「じゃあ、もう一度回るのに一緒にいてもいいかい？」

「はい。ひとりなので、感動を分かち合う相手がいなくて寂しいと思っていたところです」

ここをもう一巡するのも楽しいだろうが、おそらくまだ行けていない博物館へ誘ってみると、月乃さんは離れている場所だから諦めていたらしい。

急遽そちらへ行こうと誘えば彼女は喜んだが、やはり厚かましくて申し訳ないと謝ってくる。

「俺から提案したんだ。厚かましくなんてないから。じゃあ、行こうか」

車に乗り込むと、彼女は高級車に驚いていたが、会社が使わせてくれると言った。

以前、俺がサファエナジーのＣＥＯだと知った女性が金目当てで近づいてきたことがあった。月乃さんがそうとは思っていないが。

そこで彼女の今日の行動から昼食を食べていないのではないかと思い至り尋ねると、夕食にたくさん食べればいいと笑顔で返される。

食事を抜くのはよくない。ドライバーに通りで見つけたシャワルマの店で食べ物を買ってくるよう伝え、ひとりで食べるのは躊躇《ちゅうちょ》するだろうと俺も一緒に食べた。

国立エジプト文明博物館に到着した。

閉館まで約二時間。彼女は興味深く展示品を見ていた。

入場券の支払いの件も気にしている彼女だが、年下の女の子に払ってもらえないと言って納得してもらった。

展示物をひとつひとつ、じっくりと見ている月乃さんを誘ってよかったと思った。

こんなに夢中になる女性を母以外、知らない。

母もじっくり丁寧に展示を見る人で、幼い頃は早く出ようとわがままを言ったものだ。

そんな彼女だから、とても気になっている。

まだ一緒に過ごしたくて夕食に誘うと、困惑したものの喜んだ様子。

こちらに来てから、シャワルマとファストフードのハンバーガー、朝食はアメリカンブレックファーストだったようで、ローカル料理を食べたいとリクエストされた。

俺は彼女を、ナイル川が見られるエジプト料理のレストランへ案内した。

月乃さんは夕暮れのナイル川の写真をスマートフォンで何枚も撮ったようだ。

とてもうれしそうな彼女に、連れてきてよかったと笑みを深める。

ローカル料理をいくつか頼み、どれも彼女は躊躇することなく食べるので、好感が持てる女性だと再認識した。

アラビア語が話せることがめずらしいと言われ、子どもの頃に両親に連れられ訪れた時から、この場所に惹《ひ》かれ、言葉や考古学を学んだと話した。

会話の中で、明日はルクソール観光のオプショナルツアーが入っていると言う。偶然にも俺も明日はルクソールの発掘調査隊のリーダーと会うことになっていた。

その用事が済めば自由で、彼女をぜひ案内したいところだが、オプショナルツアーだと時間がないはずだ。しかし、向こうで何かあったらいつでも連絡してほしいと、スマートフォンの番号を交換した。

「彬斗さんは面倒見がいいですね」

「君が気に入ったから」

「ありがとうございます。では、番号を」

そこで、ハタと気づく。

俺がいつもナンパしていると思われたくなくて口を開く。

「言っておくが、いつも女性に番号を聞いていると思わないでほしい。こんな風に女性と番号を交わすのは初めてだ」

「私も簡単に知り合ったばかりの男性と番号交換なんてしませんからね。彬斗さんを尊敬していますし、私の救世主なので」

「救世主か。いい響きだな」

会ったばかりの女性だが会話は楽しく、救世主と言われてまんざら嫌な気はしなかった。

翌日の五時からホテルの部屋で仕事を始める。

ノートパソコンを開き、東京にいる秘書とオンラインで打ち合わせる。

画面には日本にいる秘書の田中さんが映っていた。田中さんはきっちりとスーツを着こなし、プロフェッショナルな雰囲気《ふんいき》を醸し出している。

「おはようございます、彬斗様。早朝から申し訳ありません」

「おはよう、田中さん。状況はどうだい?」

田中さんは手元の資料へ視線を落とす。

「これからデータを送りますが、サファエナジーの最新の業績報告が出ました。一月から三月、まだ残日数はありますが予想以上の成果を上げています。特に新規プロジェクトが好調で、収益が大幅に増加しました」

「素晴らしいニュースだ。次の取締役会の準備は進んでいる？」

田中さんは迅速に資料を見直している。

「はい、会議の日程は来週火曜日の十時に設定されています。全員が出席予定です」

「完璧だ。それと、次のプロジェクトの進捗状況も詳細に報告しておいてくれ」

田中さんが頷《うなず》く。

「了解しました。詳細な報告書を作成し、会議までに準備いたします。あと、先日の会議での要望についても対応中で、順調に進んでいます」

田中さんのおかげで、エジプト《ここ》へ来てもすべてが順調に滞りなく進んでいる。

俺は満足して微笑んだ。

「ありがとう、田中さん。君のおかげでスムーズに進んでいる。引き続きよろしく頼む」

「お任せください。何か他にご指示があれば教えてください」

「今のところは大丈夫だ。また後で連絡する」

オンライン打ち合わせを終了し、画面を閉じた。

その後も、空港へ向かうまで仕事をしていたが、時間になりホテルを出発した。

車の後部座席に座り、ふと月乃さんのフライトを思い出す。

たしか七時半だったか……。

スマートフォンで本日のフライト情報を確認すると、月乃さんの乗るフライトが欠航になっていた。

すぐに彼女に電話をかけるが繋《つな》がらない。

俺が着くまで空港にいてくれればいいが……。

彼女なら他の便を探して、なんとしてでもルクソールへ行こうとするだろう。しかし、オプショナルツアーは九時集合と言っていたから、代替フライトに乗ったとしても現地ではひとりで観光することになる。

俺は運転手に『少し急いでほしい』と頼み、彼女に連絡を取ろうと再度電話をかけた。

国内線の出発ロビーで月乃さんの姿を捜す。

「いた！」

ベンチに座っている彼女を見つけ、思わず声が漏《も》れた。

「月乃さん！」

「えっ、彬斗さんっ！」

驚く彼女の目の前に立ち「捜した。電話をかけたんだが」と微笑みかける。

彼女にプライベートジェットでルクソールへ行こうと誘うと、驚き、戸惑っていたが、なんとか説得して一緒に行くことになった。

月乃さんは会社にバレたら……と、憂慮していた。俺が一介の社員だと思わせているからだ。

月乃さんと一緒にいると、当たり前に利用しているプライベートジェットも素晴らしいものだと思い直すことができたし、眼下に広がる景色に喜ぶ彼女を見てあらためてすごい遺跡だと思えた。

ルクソールでは発掘調査隊のリーダーとホテルのレストランで会ったあと、カルナック神殿やルクソール神殿を午前中に回った。

「これが、何千年も前の人々が築いたものだなんて……本当に信じられないわ」

興奮ぎみに頬を赤らめる月乃さんから目が離せない。

なぜこんなにも惹かれるのだろう……きっと彼女が俺と同じような気持ちで遺跡を愛しているからなのかもしれない。

白い小型のクルーズ船のデッキに昼食をセッティングした。

彼女は俺に負担をかけまいとしているのがわかっていたから、打ち合わせの時に現地の人が手配してくれたと嘘《うそ》を吐《つ》くと、月乃さんは恐縮しながらクルーズ船に乗り込んだ。

クルーズ船でのランチを彼女は楽しんでくれていた。思惑どおり、月乃さんなら絶対に喜んでくれるに違いないと思っていた。

「すごく素敵な景色……」

彼女がため息交じりに言葉にする。彼女が喜ぶと俺は満足する。

「ナイル川の風景は本当に特別だ。特にこうしてゆっくりと流れる時間を感じられるのがいい」

ワイングラスを手に取り、その中身を一口飲んだ。

遠くに見える遺跡やヤシの木が広がる景色は、どこを切り取っても絵になる風景だ。

食事後、「死者の世界」である王家の谷へ車で向かった。

ここには数多くのファラオたちが眠っていた墓がある。

代表的なのは若くして亡くなったツタンカーメンの墓だ。

ハトシェプスト女王の墓は背後が切り立った断崖で、そこでも彼女は感慨深い表情で見学していた。

フライト時間にまだ余裕があり、ルクソールの市場《スーク》も案内した。

市場の中を歩いていると、エジプトの民族衣装のガラベーヤに彼女が興味を示した。商品を値切る俺に彼女は店主の生活もあるからと心配していた。

俺がプレゼントしたかったが、彼女は受け入れないと考え、それならと商品を値切り彼女の負担を減らすことで妥協したのだ。

めったに値切ることはしないが、父が母のために店主との掛け合いを楽しみながら値切っていたことを思い出した。

彼女の性格のよさがわかる出来事だった。


翌日、月乃さんは前日に買ったガラベーヤにジーンズを合わせて現れた。

水色のガラベーヤは彼女によく似合っていて、これから行くピラミッドや発掘現場で写真を撮れば記念になるし、背景とマッチするだろう。

サプライズで発掘調査隊の場所へ案内し、発掘隊に交じって陶器の破片《はへん》を見つけた時の、月乃さんの子供のような無邪気な笑顔は最高だった。

その夜、明日の午後に帰国する彼女を夕食に招待した。

食事中とてもおいしいと喜んでくれていたが、デザートが出される頃から月乃さんの表情に影が落ちるのに気づいた。

何か悩みでもあるのか？　ホテルに送る車内で聞いてみようか……。

「もう二十一時か……そろそろ送っていこう」

帰らせたくない気持ちにも駆られていたが、まだ出会ったばかりで彼女を怖がらせたくなかった。

今までの行動は、体目当てだったのかと思われたくない。

「ごちそうさまでした。今までごちそうしていただいたすべてがおいしかったです。彬斗さんのおかげで素晴らしいエジプト旅行になりました」

「俺も月乃さんのおかげで、ひとりでの味気なかった食事がおいしく食べられた」

レストランを出てエレベーターホールへ向かいながら、やはり彼女の様子はおかしい。

気づかない間に俺が何かしたのか……？

車まで待てずに立ち止まり、彼女に尋ねてみた。

「月乃さん、デザートを食べている頃から口数が減ったし、何か気にかかることがあるように見える」

「……本当に彬斗さんは洞察力が鋭いですね」

「いや、月乃さんがわかりやすすぎるんだ。どうかした？」

「あ、あの。彬斗さん、驚かないで聞いてください」

「驚かないで？　どうしたのかな？」

「こ、こんなところで話すことではないですが……私を……私を、抱いてくれませんか？」

「抱く？　もちろん」

俺の勘違いなのか？　ただ単にハグをしてくれという意味なのか、セックスなのか、わからない。

月乃さんが自分から積極的にセックスを求めてくるとは思えなかった。

考えた末、彼女を抱きしめた。

「あ……りがとう……ございました」

その切ない響きから、彼女の気持ちがわかった。

「月乃さん、単なるハグの意味じゃないだろう？」

「……はい。彬斗さん、今夜だけでいいんです……私を抱いてもらえませんか？　い、嫌ならいいんです。男性を誘う女性に嫌悪感があるのなら……突き放してもらってかまいません」

「……君と出会えたことが大切で、俺を信用してもらえるまでゆっくり進めていこうと思っていたのに」

「え……？」

帰国したら、付き合ってほしいと話すつもりだった。彼女のような人は、出会ったばかりの名前しか知らない男と寝るようなことはしないだろうと思っていたが、俺の理性も壊れかけていた。

最上階の俺の部屋へ案内すると、スイートルームに驚き、会社が年間通して借りている部屋だと説明する。

まだ身分を話せないのは、今さら感があったからだ。俺がＣＥＯだということは、帰国してから話せばいい。

「さてと、月乃さん。本当に俺に抱かれる気？」

ソファのアームの部分に腰を寄りかからせ、余裕のあるふりをして彼女に聞く。

本当はすぐにでも彼女をベッドに連れていき、愛し合いたかった。

「本気です。私の望みは……彬斗さんに抱かれることです」

「お互いに名前しか知らないのに、いいのか？」

彼女のことは名前とスマートフォンの電話番号しか知らない。しかし、月乃さんの内面はこの数日でわかっている。

彼女とこれからも過ごせるのなら、幸せな人生を送れるだろうと。

「はい。後腐れなく……」

しかし、彼女は一夜限りのセックスにしたいようだ。

彼女の気持ちがわからない。

「わかった。じゃあ、シャワーを一緒に浴びようか」

「ええっ？」

「一日中、砂地にいたんだから、髪の中まで砂が入っていそうだし」

ベッドよりもまずは砂まみれの体をきれいにしなければ。

パウダールームへ連れていき脱ぎ始めると、月乃さんの顔は真っ赤になって羞恥《しゅうち》でいたたまれない状況に見えた。

「脱ぐのは俺だけ？　それとも脱がそうか？」

「じ、自分で脱ぎます。先に入っていてください」

「わかった」

彼女をその場に残しバスルームのドアを開けてシャワーブースに入ると、勢いよくシャワーを頭から浴びた。

このホテルが気に入っているのは、水圧が弱くないことだ。

シャンプーをし、体も泡にまみれたのに月乃さんはまだ来ない。

気持ちを変えたのかもしれない。それでもいい。だが、もう二十一時を過ぎているから、ひとりでホテルに帰すわけにはいかない。

慌ててシャワーで泡を落としたその時、ガラスを叩《たた》く音がして彼女が姿を現した。

「おいで」

月乃さんは大判のタオルを体に巻いており、顔は緊張した面持ちだ。

どう考えても、このシチュエーションに慣れていないだろう。

「緊張してる?」

「そ、そんなことないです」

わざと聞いてみるも、かわいい応えが戻ってくる。

タオルで体を隠しているが、鎖骨から盛り上がった胸、すらりとした肢体に欲情してくる。

彼女を引き寄せ、顎に手をかけ少し上を向かせ唇を塞《ふさ》いだ。

「んんっ……」

彼女の柔らかい唇を弄《もてあそ》ぶだけでは満足できずに、口の中へ舌を侵入させて貪《むさぼ》った。

濃密なキスをしながら確信する。

間違いない……月乃さんは未経験だ。

そんな彼女がなぜ俺と一夜限りのセックスを？

俺のキスに必死に応えているから、タオルが外されたことにも気づかない。

かわいい人だ。この土地で彼女と出会ったのは特別なものに思えてくる。

タオルでくるみ抱き上げた月乃を、キングサイズのベッドの中央に横たえる。

「あの、私……」

気持ちが変わったのだろうか？　このまま彼女を愛したいが、無理強いはしない。

「どうした？」

「……初めてなんです。だから、彬斗さんはつまらないかもしれません」

それを言いたかったのかと安堵《あんど》するとともに、何を言っているんだ？　と、片方の眉を上げる。

「つまらない？　セックスがどんなに気持ちいいものかを教えるよ。最大限に月乃が感じられるよう尽くす」

かすかに開いている口に唇を重ね合わせ、舌を口腔内に侵入させて蹂躙《じゅうりん》するように動かした。

時間をかけて彼女の体の隅々まで手と舌で触れていく。

月乃の反応はかわいく保護欲に駆られるとともに、もっと乱れてほしいと、もっと感じてほしいと、丁寧に愛撫《あいぶ》を施した。

濃密で、心も体も繋《つな》がった時間だった。

少なくとも俺はそう思った。

……だが、どうにも気になる。

彼女が一夜限りのセックスを望んだのは、何か事情があるからではないか？

空が明るくなり、月乃がベッドから抜け出すのがわかった。そして奥のパウダールームのドアが静かに開く音が聞こえた。

数分が経ち、パウダールームから戻って来た気配がして気づく。

彼女は黙って、俺のもとから去ろうとしてると。

「何も言わずに去るのか？」

体を起こし、ドアへ向かう月乃に問いかけると、華奢《きゃしゃ》な肩が大きく跳ねる。

椅子《いす》に掛けていたローブを羽織り、彼女に近づいた。

「……そのつもりでした。もう二度と会わないので……あとでメッセージを送ろうと」

初めて聞くつらそうな声に胸が詰まされ、腕の中へ閉じ込めていた。

「彬斗さんっ！」

「月乃が抱えている問題を俺に話してもらえないだろうか？」

彼女は何もないと否定し、俺の腕から逃れようとする。

「月乃、俺なら力になれる」

何もないなどと真《ま》に受けるわけにはいかない。

月乃は問題があると認めたが、俺に解決できるわけがないと言う。俺にできないことなどあるだろうか？

このまま終わらせるわけにはいかないと話し、君と一緒に過ごす時間が何よりも特別で、月乃もそうだったと思いたいと言葉を紡ぐ。

ようやく月乃は結婚相手がいることを口にした。常に動じない俺なのに、それには唖然《あぜん》となった。

「結婚相手が……？」

「はい。結婚前に羽目を外したかったんです。彬斗さんのような素敵な人と遊べればいい程度で誘惑したんです」

そう話す月乃は悪女を演じようとしているみたいだが、無理して言っているのがわかりすぎて胸が痛くなる。

なぜ、そんな演技をするんだ？

「そんなこと、信じられない。君は処女だった。その様子では結婚相手は無理やり押し付けられた人だろう？」

「そんなことっ――」

「月乃。俺が助ける」

「無理なんです！　お願い。もうホテルに戻らないと」

頑固に拒絶されても引き下がるわけにはいかない。

結婚相手がいるにもかかわらず、バージンだった。彼女のような女性はワンナイトなどしない。結婚相手と仕方なく婚姻関係を結ぶ前に、好意を持った俺と思い出を作りたかったと、俺はそう理解する。

「眠っていないんだろう？　少し眠ってからホテルに送っていく。それから空港にも」

「だめです。行かせてください」

「月乃。落ち着くんだ。俺は君と出会ってから心が満たされたんだ。キラキラ瞳を輝かせて、俺が好きなエジプトの遺跡を楽しむ君に惹かれた。月乃のような人は初めてだったよ。何事にも楽しむ君は素敵な女性だ。そんな女性と東京に戻ってからも会って愛を育みたいと思った。どうしても結婚しなければならないのなら、俺と結婚しよう」

心の思うままに、俺は月乃にプロポーズをしていた。

そうだ、俺は彼女を手放したくない。

「……本当に私と……？　東京で……会ってくれるんですか？」

ふいに月乃は懐柔されたかのように、尋ねてくる。

結婚相手と寝ていないのなら、本当はその男との結婚が嫌なのではないだろうか。

月乃となら話も合うし、何をしていても一緒にいて楽しく感じる。

結婚してからもいい関係を築けるのは間違いない。

「ああ。帰国したら、連絡する。月乃の力になりたい。だから結婚しなくてはならないのなら俺が今ここでプロポーズする」

「ありがとうございます。本当に私と結婚を……？　理由も聞かないで？」

「ああ。結婚しよう。俺は君が好きで、手放したくない」

月乃は安堵したようだった。

ずっと眠っていなかったのだろう。ベッドに横になると、彼女はすぐに眠りに落ちた。

帰国したら結婚準備を始めよう。


三時間眠った月乃は目覚ましの音でも起きることなく、ぐっすりと眠っている。起こすのは忍びないが、飛行機に乗り遅れてしまう。

俺はプレジデントデスクから彼女の元へ行き、ベッドの端に座ると、彼女に優しく声をかけ目覚めさせる。それから眠そうな月乃の後頭部へ手を置き引き寄せると唇を重ねた。

「おはよう。大丈夫か？　まだ眠いだろう。朝食を食べてから空港へ送っていく」

「おはようございます。彬斗さんはお仕事があるはずです。空港へはひとりで行けるので大丈夫ですよ」

「月乃、君はもうすぐ帰国してしまう。それまでの一分一秒も離れたくないんだ」

「彬斗さん……あの、本当に私と結婚してもいいと……？」

おずおずと尋ねる彼女に口元を緩ませる。

「ああ。本当だ」

「……私が、彬斗さんと結婚したいから、あなたを嵌《は》めたと思わないんですか？」

「まったく思わない。人を見る目はあるつもりだ。俺たちが過ごした時間と、愛し合ったことは必然だった。さあ、朝食を食べよう」

俺はベッドから立ち上がると、月乃に手を差し出した。


彼女が無事に日本へ着いたか、フライトを確認していたが、ドーハで機体整備のために四時間ディレイしたようだ。ずいぶん待たされ疲れているだろう。

都合がつくなら、俺と一緒に帰国してほしかった。

月乃は食品関係の会社に勤めていると言っていたから、土日に休んで月曜日から出社したいのだろう。

彼女が自宅に着いた頃に電話をかける。

《もしもし？　彬斗さん》

「着いた頃かと思って。飛行機がドーハでディレイしたこともわかっている。疲れただろう？　旅客機で行くと日本とエジプトでは時間がかなりかかるな」

《はい。ドーハでかなり待って、約四時間遅れで着きました》

彼女の声を聞くとすぐにでも会いたい衝動に駆られる。

「声が疲れているみたいだ。ゆっくり休んで。月乃が帰ってしまってから、何を見ても君と過ごした楽しかったことばかりを思い出す。早く会いたいよ」

《私もです……彬斗さんも帰国時にはお気をつけて。もうエジプト料理が食べたいです》

エジプト料理か……神楽坂《かぐらざか》に行きつけの店があるから、次に会った時にそこへ連れていこう。

「俺よりもエジプト料理？」

しんみりした声色を出すと、月乃の戸惑う声が聞こえてくる。

《そ、そんなんじゃなくて……》

「わかっている。じゃあ、切るよ。おやすみ」

通話を切ってから、スマートフォンの写真のアイコンをタップしてピラミッドの前に立つ月乃を出した。


火曜日の早朝エジプトから帰国し、虎ノ門《とらのもん》にある自宅に一度戻った。

東京タワー近くのコンシェルジュと警備員が常駐する低層階マンションを所有しており、三階のワンフロアを家主である俺が使っている。

独身男性には広すぎるが、セキュリティ上三階は許可された者しか行けないことになっている。

部屋はシンプルでありながらモダンなインテリアでまとめられた贅沢《ぜいたく》な空間だ。

広々とした三階フロアは、自然光がたっぷりと差し込み、明るく開放感に満ちている。

ほとんど自宅にいられないが、休日にはのんびり過ごすこともあった。

すべて知り合いのインテリアデザイナーにオーダーしたものだが、リビングルームは落ち着いたグレーのソファが配置されており、洗練されたデザインのガラステーブルが中央に置いている。

キッチンはオープンスタイルで、白を基調としたクリーンなデザインが特徴だ。ステンレス製の家電が並び、機能的でありながら美しいデザインだ。大理石のカウンタートップがあるが、料理はほとんどしないので、五年経つ今も生活感がない。

ダイニングエリアには、モダンなデザインの六人掛けのダイニングテーブルと、シンプルで快適なチェアがそろえられている。壁に沿って配置された間接照明が、温かく落ち着いた雰囲気《ふんいき》を演出している。

広い寝室はミニマリストなデザインで、柔らかなベッドリネンとシンプルな木製のベッドフレームが調和している。窓際には小さな読書スペースが設けられ、静かな時間を楽しむことができる。

たいていはそこでバーボンを片手にくつろいでいることが多い。

シャワーを浴びてスーツに着替えたのち、エントランスの車寄せで待っていた迎えの車に乗り込み、丸の内にある本社へ向かった。

オフィスに着いたのは八時だが、田中さんはすでにいて「おかえりなさいませ」と頭を下げる。

「ただいま。留守中ありがとう」

そう言いながら、プレジデントデスクに歩を進めて椅子に座る。

「当然のことでございます」

「会議の資料を読んだが、確認事項がある」

「かしこまりました」

田中さんはタブレットへ視線を落とした。

十分ほど資料で気になる点を話し、田中さんは訂正版を作成しにデスクへ戻った。

留守中に溜まった仕事を片付け終えたのは二十二時で、今日は分刻みに忙しく月乃に連絡できなかった。

彼女から連絡が入っているだろうか？　と、うしろのハンガーに掛けていたジャケットのポケットからスマートフォンを取り出してみるが、着信やメッセージはない。

仕事中だから遠慮してかけてこないのか……？

早々に彼女が憂慮している結婚相手と決着をつけなくてはならない。好きでもない相手と結婚する経緯《いきさつ》なども月乃から聞かなくては。

今週の土曜日に会えないかメッセージを打とうとしたが、声が聞きたい。

月乃の番号へかける。

《おかけになったこの電話は現在使われておりません。番号を――》

なんだって？

いったん切り、もう一度かけるが同じメッセージが流れるばかり。

「どういうことなんだ……？」

嫌な予感がする。わざと番号を変えたか、彼女に何かあったかだ。

事故にでも遭ったか……？

何度もスマートフォンを見つめながら、月乃への連絡がつかないことに不安が増す。

彼女の番号にかけ直すたびに、繋がらないという事実がますます焦《あせ》らせる。

「なぜこんなことに……」

思わず呟き、手のひらで顔を覆《おお》った。

エジプトでの楽しい時間がまるで遠い記憶のように感じられ、心の中に穴が開いたような喪失感が広がる。

月乃の笑顔が脳裏に浮かび、その温かさが冷たい現実と対比しつらさが増した。

ふとエリート警察官を辞め、興信所を経営している大学時代の友人、三嶋浩太郎《みしまこうたろう》を思い出す。

弁護士の資格も持っている浩太郎だが、現在は探偵業に注力している。頭が切れる男で、彼ならば月乃を見つけてくれるはず。

スマートフォンから彼の番号をタップして電話をかける。

《彬斗、久しぶりじゃないか》

「すまない。忙しいとは思うが、捜してもらいたい人がいる」

《捜してもらいたい人？　もしや、女性か？》

「そのとおりだ。カイロで知り合った女性で月乃という名前しかわからない。年は二十四歳、食品を扱う会社に勤めている。情報はそれだけだ。ああ……帰国時のフライトはわかる」

彼女が乗ったフライトを教える。

《その女性がお前に何かしたのか？》
「ああ。俺の心を奪ったまま連絡が取れなくなったんだ」
電話の向こうで浩太郎が《ゴホ、ゴホッ》と、咳き込んでいる。
「大丈夫か？」
《ゴホッ、ああ……彬斗、まさか変な女に引っ掛かったんじゃないだろうな？》
「いや、素敵な女性だ。それだけの情報しか渡せないが、どうだろう？」
《写真はあるか？》
「ああ。そうだったな。ちょっと待ってくれ」
月乃の顔が写っている上半身の写真を送る操作をしてから、口を開く。
「どうだ？」
《たしかに見た目は普通。むしろ透明感のある清純そうな女性だな。わかった。彬斗の心を奪った彼女を捜そう》
「よろしく頼む。報酬ははずむ」
《彬斗のおごりで酒が飲めればいい。じゃ、明日から動く。また連絡する》
通話が切れ、スマートフォンをデスクの上に置くと、椅子に背中を預け深いため息を吐《つ》いた。

一週間後の夕方、浩太郎から連絡が入った。

月乃の調査の中間報告ができると言うが、電話ではなく会って話したいとのことだ。

二十一時に東京駅からほど近い、五つ星ホテルのバーで待ち合わせることになった。

今すぐ知りたいが、彼がそう言うのには訳があるからだろう。


五つ星ホテルの高層階にあるバーへ歩を進める。

床は大理石、壁には高級感漂う木製のパネルが設置され、上品な装飾が施されている。

天井にはシャンデリアがきらめき、その光がバー全体に暖かい輝きをもたらしていた。

店に入ると、黒いスーツを着た支配人が近づいて来る。

「西宮様。いらっしゃいませ。三嶋様はいらしております」

「支配人、案内はいいです」

一角には、落ち着いた雰囲気のラウンジエリアがあり、オーキッドブルーのソファやアームチェアが配置されている。

控えめで心地よいジャズが流れ、窓側のソファセットに浩太郎が座っていた。

近づくと彼は口元を緩ませて片手を軽く上げる。

「先に飲んでいてくれればいいのに」

浩太郎の対面に腰を下ろす。

「報告をするまではな。スタッフには呼ぶまで近づかないように伝えてある」

こげ茶色をしたマホガニーのテーブルの上には書類を入れる封筒が置かれている。

「神妙だな？　月乃に何かあったのか？　まさか事故でも？」

最悪な場面を想像した瞬間、胸が鷲掴《わしづか》みされたような痛みを覚える。

「いや、安心してくれ。事故はない。まず、住所はそこに書いてあるとおりだ」

封筒を渡され中からファイルを取り出して開く。

そこには月乃の名前や住所、誕生日など俺が知らなかったことが詳細に書かれてある。自宅の固定電話の番号や、月乃の新しいスマートフォンの番号までも。

「さすがだな。住所は目黒《めぐろ》区か……父親は、実の父ではないのか」

「ああ。両親は再婚で、母親は五年前に亡くなっている。父親違いの五歳下の異父妹と三人で住んでいる」

浩太郎の頭にすべて入っているようで、報告書を見ずに話す。

「その異父妹には会ったことがある。甘やかされて育ったような天真爛漫《てんしんらんまん》な子だ。月乃はどちらかと言うと、姉ではなく母のような接し方をしていたな」

「母親が亡くなってから、彼女は大変だったんじゃないかな。継父は建設業の会社の社長だ。そこそこの規模だな。だが、この継父がやっかいだ」

「やっかい？」

浩太郎は身を乗り出して、俺を注視する。

「違法カジノに出入りしている。これがどういうことかわかるか？」

「客に儲《もう》けさせるわけない。儲かっているつもりでもいつの間にか負けている。そうだよな？　そしてギャンブルの沼から抜けられなくなる」

「ああ。胴元である男に驚くほどの借金をしているようだ。その胴元が誰なのかまだ洗えていない」

驚くほどの借金が？

「それで、彼女の話に戻すが、週末に新宿《しんじゅく》のホテルのラウンジで男と会っていた。そこに写真がある」

写真にはシルバーフレームの男と月乃がテーブルを挟んで座っていた。

「この男は？　もしかして結婚相手かもしれない」

「林原《はやしばら》アミューズメント社の専務だ。娯楽施設を経営している。胡散臭《うさんくさ》くないか？」

「この男と胴元に繋がりが？」

「俺もそう見ている。ふたりは一時間ほどラウンジで話をした。その後……」

「その後？　もしや部屋に？　言ってくれ。冷静さは保つつもりだ」

するると、浩太郎は苦笑いを浮かべる。

「人気のないところで危うくキスされそうになったが、彼女は触れられる前に逃げてホテルを出て行った。ほっとしただろう？」

「襲われかけたのか……」

「ああ。俺は止めに行けなかった。すまない」

「いや、浩太郎の顔を見られると調査に困るだろう。それは仕方ない。ただし、今後は部屋に連れ込まれそうになった時には助けてほしい」

もう一度数枚の写真へ視線を落とす。

月乃は無表情で俺の知らない彼女の顔だ。

「そうしよう」

「とりあえず、月乃が事故に遭っていなくてほっとした。引き続き結婚相手を調べてほしい。継父の借金が気になるな」

「わかった。じゃあ、飲むか。いつもの？」

「ああ」

浩太郎は手を上げてスタッフを呼ぶと、バーボンのロックとつまみを頼んだ。

翌朝の田中さんとの打ち合わせで、十七時三十分から二時間ほどスケジュールを調整してもらった。

会議や決算報告書の書類を確認しているうちに夕方になり、浩太郎の報告書に載っていた月乃の職場へ車で向かう。

彼女が電話番号を変えたのは、もう二度と俺に連絡を取らないためだろう。

手荷物検査場へ消えていく月乃の姿に嫌な予感がしたが、彼女は最初から決めていたのだ。

宿泊ホテルへ戻ろうとする月乃から、すべてを聞き出すべきだった。

男と向き合っていた彼女の表情は、温かな心を奥底に閉じ込めてしまったように見えた。

あんなに明るく、笑顔が素敵な月乃なのに。

彼女の職場へ電話をかけることも考えたが、逃げられては会えないし、俺に会った時の言い訳を考えるだろう。

時間をあげないほうがいい。それで、職場から退勤する月乃を捕まえようと考えたのだ。

報告書では先週の木、金、月、火と、十八時十分頃、すぐ近くのメトロから電車に乗っていたとある。

基本残業はさせない企業なのだろう。

そういえば、職場環境は恵まれていると食事をしながら話していたのを思い出す。

車を近くのコインパーキングに止めてから、月乃が利用しているメトロの近くで彼女を待った。

六、揺れる心

エジプトから帰国して、一日ごとに心が冷たくなっていく感覚だった。

月曜日からいつもどおりに出社して、何度も家に帰りたくないと思う日々。

林原さんのものになりたくない。でも、彼に嫁ぐしかない……。

決心したはずなのに、彬斗《あきと》さんの顔を思い出すたびに揺らいでしまう。

だけど、そうしなければ継父《ちち》や美玖《みく》ちゃん、そして私にもなんらかの害があるかもしれない。

そう思うと、家政婦扱いだとしても林原さんとの結婚を承諾するしかないのだ。愛人などになったら、飽《あ》きられた時にどんな目に遭うかわからない。

嫁いだあとどうなるか想像もできないが、少なくとも美玖ちゃんは普通の生活を送れる。

金曜日、帰宅すると継父がすでに戻っていた。

美玖ちゃんはアルバイトで、二十二時過ぎに帰ってくる予定だ。

すぐにメインのサバを焼いて夕食の用意をし、継父とテーブルに着く。

継父はテレビのドキュメンタリーを見ながら食べ、会話もなかったが、終わって片付けようと椅子《いす》から立った時、声をかけられる。

「月乃、話がある。座りなさい」

林原さんのことだろう。

仕方なくもう一度腰を下ろす。

「なんでしょうか？」

「卓也《たくや》君のことだ。海外旅行へ行って、もう充分楽しんできただろう。早く卓也君と結婚しなさい。彼から聞いたが、三月いっぱい待ってくれと言ったそうだな？」

林原さんとのことを当たり前のように言われて、腹が立ってくる。

「……私を林原さんと結婚させたいのは、高額の借金があるからですよね？　あの人からいくら借りているんですか？」

「な、なんだと？　そんなことはない！」

認めたくないのか、継父は強く否定した。

「林原さんの言っていることは嘘《うそ》なんですか？　それならなぜあの人と結婚を勧める

んですか?」

　ギャンブルを認めさせて、病院へ行かせなければ。

「そ……それは……」

「お継父《とう》さんがしっかりしなかったら、美玖ちゃんはどうなるんですか? お継父さんのしていることは法に反しているんです。警察に通報したら捕まります。もう二度と違法カジノへ出入りしないでください。一生かかっても返せないほどの借金をしていて、平気でいるなんて精神が壊れています」

「彼が全部話したのかね?」

「聞いています。借金の肩代わりに妻になるか愛人になるか、と言われています」

「言わないでくれと頼んだのに……」

　継父はガクッと肩を落とした。

「お継父さん、病院へ行きましょう。付き添います」

「何を言ってる! 私は病気じゃない。お前が卓也君と結婚したらきっぱりやめる」

「ギャンブル依存症は自分の意思だけではどうにもならない時があります。お医者様に頼ったほうが気分も楽になるはずです」

「うるさい! お前は早く彼と結婚すればいいんだ」

苛立《いらだ》たしげにテーブルを手のひらで叩《たた》き、部屋へ行ってしまった。

頭ごなしに怒鳴られると、私を娘として見てくれていないのだと深いため息が漏《も》れる。

無性に悲しくなって、目頭が熱くなる。

彬斗さんに会いたい……。


日曜日、林原さんから連絡があり新宿《しんじゅく》のホテルラウンジで待ち合わせた。

行きたくはないけれど、返事を引き延ばせば継父の借金はさらに膨らんでいく。林原さんから継父に病院へ行くよう話してもらえないか、お願いをするためにホテルへ赴《おもむ》いた。

「今日来たということは、決心を？」

林原さんは無表情でそう口にすると、コーヒーを飲む。

「……決心はまだ……お願いがあって来ました。継父にギャンブル依存症の治療をするように説得していただけませんか？」

「それは虫のいい話ですね」

鼻で笑われるが、私は無表情でまっすぐ林原さんを見る。

「わかっています。ですが、あなたは継父がお金を借りてまでギャンブルをするのを止めないじゃないですか。むしろどんどん貸しているように見えます」

「あなたに二億五千万の価値があるのか、だんだん疑問に思えてきましたよ。会っている時は笑ってくれませんか？　だが、やはり私はあなたが欲しい。光本《みつもと》さんから借金の代わりに、娘をもらってくれないかと写真を見せられた時からね」

この縁談がどうやって持ちかけられたのか、うすうす気づいてはいたが、実際、事実がわかってみれば胸が抉《えぐ》られるように痛い。

私は継父に売られたのだ。

「……今の話でかなり衝撃を受けたので笑えません」

「あなたはかわいそうな人だ。継父があんな最低な男だったために、私のような男に身売りさせられようとしている」

「私に同情をしてくれるのなら――」

「できないですよ。全額返してもらえるなら別ですが。ま、無理でしょう。光本さんは会社の金を着服しているので、決算期でバレてどうなるか。もう時間がないですね」

そう言うと、クッと笑う。

会社のお金をいくら着服しているのかわからないけれど、それがバレたら警察に捕まってしまう。

そこでハッとなる。

「継父が捕まったら、違法カジノのことを話すかもしれないのでは？」

「話されても痛くも痒《かゆ》くもない。外国のネットカジノで使ったことになっているのでね。まあ、早く決断することを勧めますよ。継父の着服した金は私が出してもいい」

「ど、どうしてそこまで？」

「私はゲームが好きなんでね」

ゲーム……。

「今は無理強いをしておくのはやめましょう。では、よく考えるように」

一緒にラウンジを出てロビーに歩を進めている時、突然暗がりの一角へと引きずりこまれる。林原さんの手が強く私の腕を掴《つか》み、不安と恐怖を感じる。

「何をするんですか？　無理強いしないって言っていたのに！」

震える声で尋ねたが、彼は答えずにさらに奥へと進もうとする。

どうして？

心臓は激しく鼓動し、逃げ出さなければと必死に言い聞かせる。

「味見くらいいいだろう？」

人のいないところへ連れてこられ、壁に押し付けられると無理やりキスをしようとする。

その瞬間、全身の力を振り絞り、林原さんの手を振りほどいた。

「やめて！」

素早く身を翻《ひるがえ》し、彼から逃げ出した。

ロビーに戻ると、息を切らしながら周囲を見渡した。

人々の視線が集まる中、必死に出口に向かってホテルの外へと駆け出す。

メトロの駅に歩を進めているうちに、もう安全なのだと言い聞かせ、暴れる心臓を落ち着かせる。

やっぱり林原さんとはキスもしたくない……。

本当にどうしたらいいのだろう……。

生理的に受け付けられない人の妻になれる？

そのことばかり考えてしまい、月曜日の朝、目が覚めた時も頭は重かった。

ずっと考えているのに、いい方法が見つからない。

継父の後をつけて違法カジノの場所を探し出して警察に通報する？

そんな考えが脳裏をよぎるが、失敗したら私たち家族がどうなるかわからない。それほど林原さんは危険な人だと思う。

水曜日。オフィスのデスクに座り、パソコンの画面に目を向けて集中しようとしても、継父の借金と林原さんのことが頭から離れない。

このまま結婚しても、幸せになれない……。

私は幸せを求めてはいけないのだろうか。

心の中でそう呟《つぶや》きながら、メールの返信を打ち始めた。

社内イベントの準備や会議のスケジュール調整など、日常の業務に追われながらも、そのひとつひとつを淡々と機械的に処理していく。

ランチタイムになり、同僚たちと食堂へ行く。

心の中には重い雲がかかっていて、笑顔を作りながらも、話の中に加われなかった。

午後の業務が始まり、会議室の予約や外部業者との打ち合わせが続く。

仕事に集中しなければと自分を叱《しか》り、ひとつずつタスクをこなしていくが、ふと気づけば借金の件を考えてしまっている。

継父のためじゃない。美玖ちゃんのために……。

母から異父妹《いもうと》の面倒を見てねと言われてきた。血は半分しか繋《つな》がっていないが、慕ってくれる妹ができてうれしかった。

美玖ちゃんを守るためにと自分に言い聞かせながらも、その言葉がどれほど自分を追い詰めているかを、まざまざと実感させられる。

夕方、オフィスが静かになり、ふと窓の外に視線を向けた。

夕焼けを浴びる都会の景色はハッとするほど美しいのに、私の口からは深いため息が漏《も》れるばかり。

今日の業務を終えるための最後の力を振り絞った。

退勤時刻になり、デスクの上を片付けていると同僚たちが「おつかれさまでした」とオフィスを出て行く。

家に帰ると思うと足取りが重くなる。

この気持ちを誰にも話せないのがつらい。

親友のまゆは繁忙期で会えておらず、まだエジプトのお土産も渡せていない。

エレベーターでロビー階へ下りて、セキュリティゲートをＩＤカードで通り抜け、ビルを出た。

三十メートルほど先に見えるメトロの入り口へ向かっていると、突として「月乃」

と呼ぶ声が背後から聞こえた。

驚いて振り向くと、そこには彬斗さんが立っていた。彼の顔には心配そうな表情が浮かんでいる。

「彬斗さん……どうしてここに？」

戸惑いの混じった声で問いかけた。彬斗さんがここにいることが信じられず、一瞬、自分の目を疑った。

エジプトでもここでも、行き交う人々が振り返るくらい彼は眉目秀麗の素敵《すてき》な人だ。彼がここにいるということは、私のことを調べたのだろう。名前とスマートフォンの番号しか教えていなかったから。

そのスマートフォンの番号も帰国翌日には変更したのに……。

彬斗さんは一歩前に進み出て、目の前に立った。高身長なので仰ぎ見なくてはならない。

今日の彼はエジプト出会った親しみやすい雰囲気《ふんいき》はなくなり、人の注目を集めるカリスマ性のある堂々とした佇《たたず》まいだ。

「月乃、君を捜した。どうして連絡を絶った？」

心臓が激しく鼓動するのを感じながら、言葉に詰まった。

「私は……結婚相手がいるので……」

なかなか言葉が出てこなかった。

すると、彬斗さんは優しく私の手を取った。

「その話は終わったはずだ。月乃は俺と結婚する。何があったのか話してくれ。君を助けたいんだ」

彬斗さんは私を助けられない。話したら彼の身が危険に晒《さら》されるかもしれない。

「気が変わったんです。私のことは……かまわないでください」

彼の手から自分の手を抜き取って、メトロの階段へ向かおうと一歩足を出したところで、背後から抱きしめられ心臓がドクッと跳ねる。

「ちゃんと話してくれ。俺は必ず力になれる」

「む、無理です……」

顔見知りの社員に見られたらと思うと、うつむきながら彼の腕から逃れる。

「人に見られたくないです」

「それなら俺と一緒に来てくれ。車を近くのパーキングに止めている」

「い、いけないです」

彬斗さんに会って、どんなに彼を愛しているかを思い知ってしまった。

これ以上、彼と一緒にいたら、継父と林原さんの件で苦慮している頭がさらに混乱する。

「月乃、ちゃんと話をしてくれなければ助けられるものも助けられない」

「あ、彬斗さんには無理なんです。だから、もうかまわないでください。第一、私が迫るまで抱く気はなかったじゃないですか。私たちは後腐れのない一夜限りの関係なんです」

「月乃を大事にしたかったからだ。結婚の約束をしたはずだ。俺は君を手放さない。こんなところで、俺たちのセックスの話をするつもりか？　知り合いに聞かれるかもしれないぞ？」

たしかに、ここにいたら本当に誰かに見られてしまう。

下唇をぎゅっと噛《か》んでから、「少しだけなら」と言って、彬斗さんについて行った。

彬斗さんの運転する車は、次第に大きくなっていく東京タワー近くのマンションの地下駐車場に止められた。

「ここは……？」

車内で会話はなく、時々彬斗さんの視線を感じていた。

「俺のマンションだ」

「ご自宅へ？　いいえ、どこかカフェで――」

「個人的なことを話すのに、近くに人がいるところでは落ち着かないだろう？」

そう言って、車から出た彬斗さんは助手席に回りドアを開けた。

仕方なく助手席から降りて、彼の後をついて行く。

エレベーターが二基あって、片側に乗り込み三階で降りる。パネルには三階までの表示しかなくて、このマンションが低層階マンションなのだとわかった。

エレベーターを降りて木目調の大きなドアの鍵を開けた彬斗さんに促され、玄関の中へ入る。

エジプト発掘調査隊へのサポートを担当する仕事をしている彼だが、一介の会社員がこのようなマンションに住める……？

困惑しながらパンプスを脱ぎ、出されたスリッパに足を入れると、「こっちだ」とリビングルームに案内された。

リビングルームに足を踏み入れると、あまりの広さに目を見張る。

インテリアは洗練されていて、高級家具店のモデルルームみたいだ。

「座って。今、飲み物を持ってくる」

「いりません」

首を左右に振ってから早く話を終わらせなければと、座り心地のよさそうなグレーのソファに腰を下ろす。

彼は眉を寄せ、ひとつため息を吐いてから頷《うなず》いた。

「……わかった」

彬斗さんは斜め横のひとり掛けのソファに座ると、長い脚を組む。

「何を話しても無駄なんです。家族の夕食を作らなければならないので、時間がありません」

冷たく聞こえるように言い放つ。彬斗さんのためを思ったら、突き放すのが一番だ。

「今まで大変だっただろう。しかし継父《けいふ》や異父妹《いもうと》は大人だ。夕食なんて自分たちでなんとかできるはず」

「……あなたとのことは一時の気の迷いだったんです。婚約者と結婚するんです。私のことで時間を取らないでください」

まだ婚約はしていないが、そのほうが説得力はあるはず。

「俺は一時の気の迷いじゃなかった。わかっているだろう？　それに生理的に嫌な婚約者と本当に結婚する気か？」

「え？」

生理的に嫌な……？

彬斗さんの顔は不快感や嫌悪感が滲《にじ》み出ており、まさに何か苦いものを口に含んだかのようで、注視していられずにうつむく。

「月乃が今危うい立場に置かれているのはわかっている。継父の借金を肩代わりに結婚させられるんだろう？」

「……どうしてそれを？」

ハッとして顔を上げた。

「悪いと思ったが調べさせてもらった。君がスマートフォンの番号を変えて俺と連絡を絶ったからだ。事故にでも遭ったのかと心配した」

「心配をかけてしまってごめんなさい……もう借金があるのは知られてしまったから体裁を気にしても仕方ないですね……わかってください。私がなんとかしなければいけないんです」

愛している人を前にして目頭が熱くなる。

「私に関わってはだめなんです」

苦しい思いがあふれ出そうになり、堪えるためにスカートをぎゅっと握る。

ふいに彬斗さんが立ち上がり私の隣に腰を下ろすと、力強く抱きしめられた。

「や、やめてくださいっ、離れて――」

「俺なら力になれる」

彼の腕の中で身じろぐ私の言葉をさえぎり、力強い声に彬斗さんを見遣《みや》る。

「そんな簡単な話ではないんです」

そう言って、彬斗さんから離れて距離を置こうと腰を浮かすが、手が掴《つか》まれていてその場に留まらざるをえない。

「調べたと言っただろう？　継父が違法カジノに手を出して多額の借金をしている。月乃、すべて教えてくれないか？」

「だめです！　私なんかに気を留めないでください。警察じゃない彬斗さんは力になれません。危険なんです。だからほっといて！」

こんなに好きになってくれた人のことを突き放すのは胸が痛い。けれど、そうしなければ彬斗さんに迷惑がかかる。

「大丈夫だ。何も心配することはない。俺の友人に元警察官僚がいる。彼なら違法カジノに関して警察を動かして検挙させられる。すでに動いているんだ」

「……本当に……？　内密に動いて……？」

「ああ。一週間で月乃のことも調べあげた。継父の借金も。些細なことでも教えてほしい。まっとうな借金なら俺が用立てられるが、違法なら必要もない」

彬斗さんは自信があるように、口元を緩ませる。

「用立てられる……？　彬斗さんはただの会社員なのに？」

「最初から名刺を渡して名乗っておくべきだった」

胸ポケットから名刺入れを出して、そこから一枚抜き取ると私に差し出す。

受け取った名刺へ視線を落とした瞬間、驚いた。

そこには「サファエナジーコーポレーション　最高責任者　西宮彬斗」という文字が印刷されていた。

「あなたが、あのサファエナジーのCEO《最高責任者》……？　サファエナジーって、ガソリンスタンドや中東の油田などの開発をしている？」

彬斗さんは優しく微笑《ほほえ》む。

「そうなんだ。これまで黙っていてすまない。うちの会社をよく知っているね」

「就活の時にいちおう……」

お給料はもちろん福利厚生も充実していて、新卒採用はものすごい倍率だと聞いたし、入社した大学のOGが残業もあると言っていたので、エントリーシートを書くのをやめたのだ。

残業くらい厭《いと》わない気持ちではあったが、亡き母に代わって家事をしている身としては難しかった。

「すべて話してくれないか？　君を守りたい」

「彬斗さん……」

本当に首など突っ込んで彼が無事でいられるの？

「俺の身に何か起こるのではないかと案じているのか？」

彬斗さんの洞察力は初めて会った時からわかっている。私を放っておけないだろうし、思いっきり突き放しても到底受け入れてくれない。

彼は男気のある人だから……。でも、万が一のことがあったら？

「月乃、俺は君のことが何よりも心配なんだ。昨日報告書で知ってから気が気でない。だから何もかも話してくれ」

「……うまくいくのでしょうか」

「もちろんだ」

彬斗さんがそう言うのなら、信じたい。

「……お話しします」

「よかった。では、話して」

私はぽつりぽつりと、林原さんとの縁談や継父の違法カジノでの借金、会社の資金にも手をつけているらしいことを話す。

「着服の金額はわかりません。ギャンブル依存症なので病院へ行ってほしいと頼んだのですが、違うと言って聞いてくれません」

「依存症は自らあらためなければ行動に移さないだろうな。胴元は林原なんだろう？」

「胴元かはわかりませんが、それらしき言葉は聞いています。彼がそこで継父にお金を貸していると。違法カジノの場所は知らないんです」

「それはこっちで調べる。林原の会社を調べればいろいろと出てくるだろう。月乃は今後、林原と会わないでもらいたい。まだ決心がつかないと言い続けて時間を稼いでほしい」

「三月いっぱい考えさせてほしいと言ってありますが、今日は二十六日……もう時間が……」

彬斗さんが再び抱きしめてくる。

「家に帰したくない」

「それはだめです……美玖ちゃんもいますし。なんとか会わないようにします。もう帰らないと」

退勤時刻から一時間半も経っている。

「……わかった。くれぐれも気をつけるんだ。何かあれば俺にすぐに連絡を」

「はい……あの、彬斗さん……本当に誰も危険な目に遭わないで林原さんを捕まえられるのでしょうか？」

まだ不安があって、恐怖を覚える。

「頼りになる友人がいると言っただろう？　浩太郎といって、そいつの父が警視総監なんだ。将来有望だったが直接人助けがしたいと警察を辞めて興信所を始めたんだ」

「人助けなら、警察にいたほうが……」

「エリートとなると直接はね。まあ、変わっている奴だから。今の仕事のほうが生き生きと仕事をしているように見える。では送っていこう……名残惜しいが」

「ひとりで帰れます。彬斗さんを見られたりしたら計画がだめになります」

「それもそうか。それなら、隣の駅で降ろすよ」

ふいに顎に長い指がかかり、唇が重ねられた。

ひんやりした唇は甘く私の唇を食《は》み、物足りなさを残して離れる。

私を愛しているから力になってくれるのか聞けない……。

愛ではなく正義感からのようにも思えてしまうから。


電車を一駅分乗って自宅に帰り着いたのは二十時三十分だった。

玄関を入ると、継父のビジネスシューズがあった。

そのままリビングへ向かうと、ダイニングテーブルで継父がインスタントラーメンを食べていた。

「ただいま戻りました」

「遅かったじゃないか」

不機嫌そうに言ってから、麺をズズッと音を立てて食べる。

「すみません。残業で。連絡をするのを忘れていました」

「お前は自分のことばかりだな。卓也君とのことも延ばし、私たちのことも顧みない」

「そういうわけでは……」

苛立った継父には口答えしないほうがいいのはわかっているのに、小さく否定していた。

そんな私に継父は眉を上げて睨《にら》みつける。

「いいか？　お前が卓也君と結婚しなければ、美玖をやらなければならないんだ」

「え？　美玖ちゃんを？」

「そうだ。今日電話がかかってきて、お前にその気がないのなら美玖を代わりにと言われたんだ。美玖をあの男にやるわけにはいかない。お前が早く決断するんだ」

継父は箸をまだ残っているラーメンのどんぶりに投げつけると、立ち上がって部屋から出て行った。ラーメンのつゆがテーブルの上に散らばっている。

「はぁ……」

身勝手な継父に重いため息をつくと、春コートを脱いでどんぶりと箸をキッチンへ運んだ。

美玖ちゃんが私の代わりだなんて……。

今は彬斗さんの友人の浩太郎さんに全力で動いてもらうしかない。

林原さんへの返答の期限は今月末。

冷蔵庫から作り置きしているおかずを出していると、美玖ちゃんが帰って来た。

「月ちゃん、ただいま。おなかぺこぺこよ」

「残業で私も今帰って来たの。作り置きのおかずでいい？」

「う～ん。月ちゃんのオムライスが食べたいな。お店よりおいしいし」

にっこり無邪気な笑顔で頼まれると、疲れていても断れない。

「わかったわ」

冷蔵庫におかずをしまい、オムライスの材料を出して作り始めた。


食事が終わって入浴後、部屋に入りスマートフォンを出す。

すると、彬斗さんからメッセージが入っていて慌てて開く。

【くれぐれも注意してほしい】

サファエナジーのCEOなら、私に時間を割く暇なんてないはずなのに、力になってくれている。

これは愛だと思いたいけれど、彼のような人なら黙っていても困るほど女性にモテるはずで……。

私が古代エジプト文明が好きだから？

【先ほど継父から私が返事を延ばしているので、美玖ちゃんを妻にと言われたらしいです。結婚すると返事をしてもいいですか？】

そう彬斗さんに送る。

結婚すると返事をしたら、時間を稼げるのではないかと思ったから。

すぐにメッセージが戻ってくる。

【それはだめだ。危険すぎる。絶対にふたりきりにならないでくれ】

林原さんに会わなければいいのだろうけれど、私が知らないところで美玖ちゃんに接近されたらと思うと、想像しただけでも背筋が凍りつく。

美玖ちゃんには継父もさすがに事情を話せないだろうから、何も知らないで近づかれたりしたら大変だ。

もう美玖ちゃんに話したほうがいいのだろうか。林原さんが近づいてきたら、ついて行かないように言っておいたほうがいいのかもしれない。

【わかりました。気をつけます。おやすみなさい】

それからベッドに横になる。

彬斗さんがサファエナジーのCEOだったなんて……でも考えてみたら、一介の社員にプライベートジェットは使わせないだろうし、スイートルームにだって泊まらせないだろう。

「会社が年間通して借りているなんて、すっかり騙されたわ……」

独り言《ご》ちて、ベッドサイドのライトを消して目を閉じた。

七、縁談相手からの最後通告

心配事は尽きないが、少しでも払拭《ふっしょく》されるよう今夜にでも美玖《みく》ちゃんに継父《ちち》の話をしようと思っている。

ショックを受けるはずだけれど、一緒に継父を病院へ行くように説得できればいい。

美玖ちゃんが話せば、継父も素直に応じるかもしれないが、なぜ話したと叱責《しっせき》されるのは目に見えている。

でも、一歩ずつ進まなければ。

ほんの少しの希望を持ち、彬斗《あきと》さんが手伝ってくれることによって昨日よりかは明るい気分になれ、仕事をこなした。

退勤後、地下鉄に乗ると春コートのポケットに入れていたスマートフォンが振動した。

彬斗さんからのメッセージだ。

【おつかれさま。帰宅途中だろうか。気をつけて帰るんだよ】

短い文面でも、忙しい仕事中に気にかけてもらっているのがわかり、気持ちが安らぐ。

【はい。今電車の中です。おつかれさまです。彬斗さんのおかげで今日は明るく過ごせました】

それだけ打ってメッセージを送り、スマートフォンをポケットにしまった。


昨日継父に食事を作れなかったし怒らせてしまったので、最寄り駅に着くと自宅への道を急いだ。

会社を出た時には夕暮れだった空が少しずつ暗くなり、街灯がぼんやりと光り始める。

もうそろそろで家に着くと思った時、自宅の前に見慣れないシルバーの高級外車が停まっているのに気づいた。

こんな高級車、誰が来ているのだろう……。

首を傾《かし》げなら、一抹《いちまつ》の不安がよぎる。足取りは自然と重くなり、車に近づくたびに鼓動が早まった。

玄関にたどり着くと、深呼吸をして気持ちを落ち着けようと深呼吸をする。ドアノブに手をかけて、ゆっくりと開ける。

玄関に継父とは別のこげ茶色のピカピカのビジネスシューズがあった。

リビングからは聞きたくない声が聞こえてきた。

あの声は……。

顔を合わせないわけにはいかない。仕方なしにリビングに入った。

「ただいま戻りました……」

出した声はかすかに震えていた。

ソファには継父が座っていて、その対面には林原《はやしばら》さんが座っていた。高級スーツを着た林原さんは、冷ややかな目で私を見遣《みや》る。

彼が家に来るなんて……。

状況を理解しようと必死になりながらも、緊張と恐怖で言葉が出てこない。

「どうも、月乃《つきの》さん」

林原さんがニヤリと口角を上げる。

「月乃、卓也《たくや》君が会いに来てくれたんだよ。今日は彼のごちそうしてくれると言って寿司《すし》の出前を頼んだから、お前もここに座りなさい」

上機嫌の継父が手招きする。

「手洗いとバッグを部屋に置いてきます」

「ああ、そうだな。すぐ戻って来なさい」

動揺しているのを悟られないように、その場から離れて二階の自分の部屋へ行く。

まさか、最終通告に……？

コートをハンガーに掛けながら、どうすればいいのか思案する。

ふたりで結婚を勧められたら、返事をしないわけにはいかなくなる。

なんとか乗り切らなきゃ。

自分に言い聞かせて部屋を出ると階下へ降りた。

ちょうど玄関で近所の寿司店の配達人から四つの飯台を受け取った継父がいた。

「月乃、失礼のないようにな」

「……はい」

「美玖はいつ帰って来るんだ？」

「今日は二十一時までのアルバイトです」

美玖ちゃんの帰宅時まで林原さんがいませんように。

ダイニングテーブルを三人で囲み、林原さんがいるせいでおいしそうなにぎり寿司を前にしても食欲が湧かない。
しかも彼の支払いなので、余計に食べたいと思わない。

「月乃さん、どうぞ召し上がってください。お継父《とう》さんから好物だと聞いたので、頼んだんですよ」

「……ありがとうございます。いただきます」

林原さんは私が急いで作った豆腐とわかめのお味噌汁を一口飲んでから「おいしい」と笑みを浮かべる。

「料理が上手なんですね」

「月乃は妻が五年前に亡くなって以来、料理をしてくれているので、なんでも作れますよ」

「僕は手料理に飢《う》えているので、月乃さんが妻になったら帰宅が楽しみになる。月乃さん、もうそろそろ返事をもらいたい」

その話が出る覚悟はしていたが、心臓が嫌な音を立てて跳ねた。

「……五日間あります」

「月乃！　まだそんなことを言っているのか！」

継父が声を荒らげるが、林原さんが「まあまあ」となだめる。

「私のような職業を持つ夫となれば、気にかかるでしょう。最初に会った時より、少し痩《や》せたみたいに見えますよ」

「いいえ。そんなことはないです」

「月乃、卓也君のような人が夫なら幸せに暮らせる。いつまでも返事を引き延ばさずに決めなさい」

「光本《みつもと》さん、残り五日ありますから。のんびり待つとしましょう。しかし、彼女が首を縦に振らなかった場合は、美玖さんを妻にしますから」

ああ、やっぱり最後通告だ……。


継父も林原さんを美玖に合わせたくなかったようだ。

食事が終わると、継父はまだ仕事があってと言って林原さんは帰っていった。

その四十分後に美玖ちゃんが帰宅した。

「わー、お寿司！　どうしたの？　しかも特上のネタよね？　何かいいことがあった？」

特上寿司に喜んでいる。

「ううん。お継父さんの知り合いの人が来て、ごちそうしてくれたの」

「そうなんだ」

「お味噌汁、温めてくるね」

継父は美玖ちゃんが戻って来た時に玄関で「おかえり」と言ってから部屋に下がった。

本当に仕事が忙しいのかもしれない。

もうじき決算だから、使いこんだお金の件で頭を悩ませているのかも。

そういえば、継父の白髪が目立ってきた。

食事を食べ終えた美玖ちゃんがお風呂から上がるのを待って、部屋のドアをノックした。

「月《つき》ちゃん、めずらしいね？」

内側からドアを開けた美玖ちゃんは、ピンクの部屋着で手にミネラルウォーターのペットボトルを持っている。

「話があって」

「話？　なんか深刻そう？　ベッドに座って」

美玖ちゃんは体をずらして私を部屋に入れた。

ベッドの端に座ると、彼女はデスクの椅子《いす》に腰を下ろして首を傾げて私を見る。

「様子がおかしいね。どうしたの？」

「……うん」

どう話せばいいのか、さっきまでいろいろ考えていたのに、美玖ちゃんの顔を見たら言い出しづらくなってしまった。

けれど、もう時間がない。

「美玖ちゃん、お継父さんのことなんだけど」

「パパがどうしたの？」

「驚かないでね？　実は……違法カジノで二億五千万近い借金をしているの」

「ええっ⁉　何それっ！　驚かないでねって言うほうが無理よ。本当に？　私を驚かそうとふざけているんじゃない？」

美玖ちゃんは目を大きく見開いて、面食らった顔になる。

「本当のことなの。こんなこと冗談でも言わないわ」

「……違法カジノって、ヤバいんじゃないの？　それに二億五千万って……」

事の重大さがわかると、美玖ちゃんの顔から血の気が引いていく。

「お継父さんはギャンブル依存症だと思う」

「月ちゃん、そんな大金どうやって返せばいいの？　どこに借金しているの？」

「借金先は林原アミューズメント社の専務で、その人から」

「ローン会社じゃなくて、個人から？　それにしてもそんな金額……」

彬斗さんと友人の浩太郎《こうたろう》さんが動いていることは話せない。

仕方なく林原さんが私を妻にすることで借金はなくなると話した。

「本当に……？　月ちゃんが結婚すれば大丈夫なの？」

「……そうなんだけど、どうしてもその人との結婚は嫌なの」

「じゃあ、どうしたら……？」

「まずはお継父さんを病院に連れていきたい。どう考えてもおかしいから。何回か病院へ行くように言っているんだけれど、絶対に行かないと一点張りで。だから美玖ちゃんも一緒にお願いしてほしいの」

「もちろんそうするよ。そんな借金をしてまでギャンブルだなんて異常だもん。まだ起きてるかな」

美玖ちゃんは椅子からすっくと立ち上がる。

行動力の早さに目を見張るが、彼女は父親が心配で一刻も早く話したいのだ。

階下へ行き、継父の部屋のドアから明かりが漏《も》れているのを確認してノックする。

「なんだね？」

内側からドアが開き、私と美玖ちゃんがいるのを見て継父は目を細める。

「お継父さん、お話が」

「リビングで聞こう」

もしかしたら結婚を了承すると思われたのかもしれない。

リビングに入り、継父はソファのいつもの場所に腰を下ろし、その対面に私と美玖ちゃんは並んで座る。

緊張が高まり、手のひらが汗ばんでいるのを感じた。私は深呼吸をして口を開く。

「お継父さん、私は――」

「結婚を決めたのか？」

「違います」

結婚の話ではなかったと知った継父は、不機嫌そうに目を吊《つ》り上げて話をさえぎる。

「手短にしてくれ。忙しいんだ」

冷たく言い放つのを見て、私の代わりに美玖ちゃんが身を乗り出す。

「パパ、私たちパパが心配なの。ギャンブルのこと……」

継父は一瞬驚いた表情を見せ、すぐに険しい顔で私を睨《にら》みつける。

「ギャンブル？　美玖はそんなこと気にするな。俺のことは俺が決める」

継父は強い口調で言い放つ。

「でも、お継父さん、私たちは本当に心配しているんです。病院に行って、専門家の助けを借りてほしいんです」

「病院なんか行く必要はない！　俺は大丈夫だ。お前が結婚したら借金もなくなってすべてうまくいくんだ」

継父は怒りをぶつけるように声を荒らげる。

「パパ、月ちゃんはその人との結婚が嫌なの」

「何が嫌なんだ？　金も持ってる。お前をかわいがってくれるだろう。年齢が嫌なのか？」

「年齢っていくつ？」

美玖ちゃんが父親に尋ねる。

「四十五だ」

「ええっ！　月ちゃんと二十一も違うじゃない。もう親子だよ。お父さん、月ちゃんと本当にその人と結婚させたいの？」

「そうしなければ……」

愛娘《まなむすめ》に詰め寄られて、継父の瞳が揺れるのがわかった。

本当は、私に申し訳ないと思っている……？

美玖ちゃんにまで結婚を勧められたら、追い込まれてしまうからはっきり口にした。

「……家族のためを思ったらそうするのが一番だと思うけど、まだ決心がつかないの」

「そりゃそうだよ。月ちゃん、結婚は好きな人としなきゃだめだよ！」

え……？

美玖ちゃんは眉根を寄せて、父親を注視している。

「パパは自分でしでかしたことなんだから、自分で解決しなきゃ。パパのことでどうして月ちゃんを結婚させようとするの？　血が繋《つな》がっていないとはいえ、月ちゃんだって娘なんだよ？　お母さんが亡くなってからずっとお母さんの代わりをしてくれていたじゃないっ」

美玖ちゃんの言葉に目頭が熱くなる。

しかし、継父は冷たく笑って首を振る。

「美玖、お前は姉想いのいい子だ。月乃、そう思わないか？　お前にこの子の人生がかかっているんだぞ」

そう言い放ち、ソファから立って部屋を出て行った。

私の味方になってくれた美玖ちゃんに感謝しつつ、継父の頑《かたく》なな態度に気持ちが落ち込む。

「月ちゃん、ごめんなさい。そんなことになっているだなんて全然知らなくて」

「ううん。美玖ちゃんにはなんの憂いもなく過ごしてほしかったから。でも知らせることになってしまってごめんなさい」

「月ちゃん！　なに謝っているの！　悪いのはパパだよ。私はもう大人なんだから、なんでも話して」

彼女の言葉どおり、美玖ちゃんの考え方がずいぶん大人になっていることに驚かされた。

絶対に父親を病院に診てもらうと、美玖ちゃんは言う。

「私に任せて。なんとしてでもパパを説得するから」

愛娘に弱い継父だからもしかしたら、病院に行ってくれるかもしれない。

その夜、二十四時近くと遅い時間だが、彬斗さんに今日あったことのメッセージを送る。

林原さんが来たことと、異父妹《いもうと》に父親のギャンブルを話したことなどだ。

すると、スマートフォンが彬斗さんからの着信を知らせる。
「もしもし、彬斗さん、遅くにごめんなさい」
《いや、こちらこそ遅い時間にすまない。声を聞きたかったんだ》
彬斗さんの声は、低くて深みがあり心の奥底に響いてくる。その音色は滑らかでまるでシルクのように柔らかく耳に心地よい。
《それで、奴から結婚を迫られたんだろう？》
「はい……でも、まだ日にちがあるからと言ったら強要はされませんでした」
《君が自分のものになると自信があるからだ。妹さんはショックだっただろうな》
「そうだと思いますが、ちゃんと受け止めてくれていてびっくりしました。そんな結婚よりも、私には好きな人と結婚しなければと言ってくれたんです」
《わがまま娘かと思ったら、なかなかいい子だな。こっちも進展があった。違法カジノの場所がわかったんだ》
「本当ですか！」
希望の光が見えてくる。
《ああ。浩太郎が動いているからもう少しの辛抱だ。それで、明後日の土曜なんだが出掛けられるかな？　気分転換に古代エジプト展なんてどうだろう。午前中は海外支

社との会議があって、午後からになるが》
「古代エジプト展なんてうれしいです。はい。時間は大丈夫です」
注意を払って、現地で待ち合わせることになった。

三月最終の土曜日、今日は青空が広がり、雲ひとつない快晴で春の訪れを感じさせる。少し風が冷たいが、会場へ行くまでの公園の木々や花々には日の光が暖かく降り注いでいる。

十四時の待ち合わせの十分前、古代エジプト展の会場が見えてきたと同時に、チャコールグレーのスーツを着た彬斗さんが立っているのが視界に入った。

彼の姿を目にして、思わず心臓が高鳴る。

周りには展覧会を楽しみに来た人々が行き交い、その中で彬斗さんの存在は自然と目を引いた。

こんなに素敵《すてき》な人が私を待ってくれているなんて……。

そう思いながら、少しずつ彬斗さんに近づいた。

彬斗さんはスマートフォンを手にして、何かを確認している様子だったが、私が近づくとすぐに気づき顔を上げた。

彼の目が私に向けられた瞬間、優しい微笑《ほほえ》みが浮かび、「月乃」と呼んで一歩前に進んだ。

彼の声と笑顔に心が和らぐ。

「待たせちゃってごめんなさい」

そう言いながら、彬斗さんが差し出した手を取った。柔らかく握られた彼の手の温もりが伝わり安心感に包まれる。

「約束の時間はまだ先だ。謝る必要はないよ。では行こうか」

会場の入り口に立っている年配の男性が彬斗さんにお辞儀をして、中へ入れてくれる。

「あの方、ＩＤカードに館長って。あ、入場券は……？」

「ああ、彼はここの館長だよ。入場券はサファエナジーが協賛しているから必要はないんだ」

「そうだったんですね」

サファエナジーはいろいろなところで、エジプト関連事業に貢献しているのだと感心する。

展示会場に一歩足を踏み入れると、カイロ考古学博物館で見たような壮大な古代エジプトの世界が広がっていた。

特別な展示品や遺物であふれており、まるでタイムスリップしたかのような感覚を覚えた。

彬斗さんが私に麗《うるわ》しく笑みを浮かべる。

「カイロで見た時みたいにキラキラ目を輝かせているな」

「ふふっ、まさか東京でも見られるなんて……ちゃんと調べるべきですね」

「忙しかったからだろう」

展示物に胸を躍らせながら、彬斗さんの隣で展示物を見て回った。

古代の石像や、美しいレリーフが並んでいる。

現地より展示品は少ないけれど、ピラミッドの内部の大きな模型があったり、ミイラの入った棺《ひつぎ》のある石室も再現されていたりした。

彬斗さんの説明はいつも引き込まれる。彼の知識と情熱に触れることで、ますます彼への想いが深まっていく。

時間をかけてひとつひとつじっくり見て回る。同じものに興味があるというのは、とても素敵なことだなと実感する。

「彬斗さん、誘ってくださりありがとうございました。でも見飽《あ》きてますよね？」

「カイロの博物館では何度も見ているが、ここに運ばれてから見に来たのは初めてだ。月乃と一緒だとなんでも新鮮に感じる」

「そう言ってもらえると罪悪感がなくなります」

「罪悪感なんて覚えなくていい。俺自身も充分楽しんでいるんだから。もう十七時半か。そろそろ食事へ行こう」

会場を後にして、彬斗さんの車が止めてあるパーキングへ向かった。


彬斗さんが連れてきてくれたのは、神楽坂《かぐらざか》のメイン通りから少し入ったレストランだった。

入り口の看板にエジプトレストラン〝ルクソール〟と書かれてあるのを見て、彬斗さんを仰ぎ見る。

「彬斗さん、エジプト料理が食べられるんですね？」

「ああ。向こうでおいしいレストランがあると言ったのを覚えている？」

「はい。早々に連れてきてもらえてうれしいです」

レストランに足を踏み入れると、異国情緒あふれる内装に包まれた温かい空間が広がっていた。

壁には色鮮《あざ》やかなモザイクが描かれ、アンティークなランプが柔らかな光を放っている。

店内は香ばしいスパイスの香りが漂い、彬斗さんと顔なじみらしいエジプト人のおばあさんが「アキト！　待っていたよ」と、日本語で出迎えてくれる。

彬斗さんはおばあさんを「ナディア・サーレムさん」と紹介し、厨房で腕を振るっているのは息子さんなのだと教えてくれる。

「女性を連れてくるなんて、初めてだね。とてもかわいい子だ」

「日本語がお上手でびっくりしました」

「もう四十年もここに住んでいるからね」

そう聞いて納得する。

「亡くなった両親も月に三回はここを訪れていたから、ナディアは俺が赤ん坊の頃から知っているんだ」

「長くレストランを続けられているんですね。きっとお客様に愛されるおいしいお料理だと想像できます」

「ここは本格的なエジプト料理が楽しめるからファンが多い」

それほど広くはない店内のテーブルはほぼ埋まっている。日本人だけでなく中東の人らしき人たちも何組かいる。

私たちはナディアおばあさんに窓際のテーブルに案内された。彬斗さんが予約をしてくれていたようだ。

彬斗さんとメニューを見て、彼のアドバイスを聞きながら決めた。

料理が運ばれてくると、その美しい盛り付けに驚く。

「すごくおいしそうです」

ピラミッド型に盛られたコシャリや、香ばしい香辛料がかけられたチキンがテーブルに並び、他にもカイロで食べた料理もあって、その味を楽しみながら心地よい時間を過ごした。

帰りは家まで送ると言われたが、やはり隣の駅で降ろしてほしいと頼む。

「まだ二十一時ですから大丈夫です」

「……わかった。用心に越したことはないからな。次回違法カジノが開催されたら、警察が踏み込むと聞いている」

「ありがとうございます。もうすぐですね」

助手席のドアが開けられ乗り込むと、彬斗さんが運転席に来て座る。

車は夜の街を静かに走り始めた。

ハンドルを握っている彼の横顔に、見惚《みと》れてしまう。

それほど時間はかからず隣の駅のロータリーにつけられた。

「家に帰したくないのが本音だ。調べれば調べるほど、奴は危険な男らしい」

「大丈夫です。彬斗さんと浩太郎さんを信じて、なんとかやり過ごします」

もしかしたら、結婚すると言ってしまうかもしれない。でも、ふたりだけにならなければ襲われないで済む。

今日は彬斗さんと過ごせて、気持ちも新たに頑張れそうだ。

「無理はしないでほしい。何かあったらすぐに電話をするんだよ」

「はい。今日は素敵な時間を過ごせました。ありがとうございました」

彬斗さんの指が顎にかかり唇が重ねられるが、明るいロータリーで人の往来が激しいため、すぐに離れる。

私から離れた彼が苦笑いを浮かべる。

「もっと暗い場所に停めるべきだったな」

「……じゃあ、行きます。おやすみなさい」

車から降りようとドアに手をかけた時、彬斗さんに「月乃」と名前を呼ばれ振り返る。

「はい」

彬斗さんがこちらのほうへ体を傾《かたむ》け、私を見つめている。

「愛している」

突然の言葉に、心臓が大きく跳ねる。

「ど、どうしたんですか？　びっくりするじゃないですか」

「言いたくなったんだ。俺たちはまだ会って間もないが、月乃を愛しているのは間違いない。だから、心から心配している。些細なことでも連絡してほしい」

「……彬斗さん、私も愛しています。ちゃんと連絡します」

彬斗さんが私を愛していると、そうはっきり言ってくれて胸が熱くなる。

「じゃあ、行って。おやすみ」

「気をつけて帰ってくださいね。おやすみなさい」

彼は私の手の指の間に指を差し入れ、優しく握ったあとに離れる。

車から降りるのがどれほど名残惜しいか……。

八、勇気を出して

彬斗《あきと》さんとの楽しかったデートを思い返しながら帰宅すると、家の中に緊張感が漂っているのを感じた。

「月《つき》ちゃん、今電話しようと……パパが」

美玖《みく》ちゃんがスマートフォンを握りしめて泣きそうになっている。

「どうしたの？」

リビングに入ると、継父《ちち》の顔にひどく殴られた跡があり、ソファの上でぐったりしていた。

「お継父《とう》さん！」

駆け寄って怪我《けが》の状態を目で確かめる。目元と口の横が赤くなっていて、瞼《まぶた》が腫《は》れている。

「月乃《つきの》、卓也《たくや》君が来たんだ……」

痛そうに顔を歪《ゆが》めながら継父は冷たく告げた。

心臓がドキドキと音を立てる。

「林原《はやしばら》さんが？　こんなことをするなんて……」

恐怖と不安が交錯し、最後通告なのだと唇を噛《か》む。

「お継父さん、病院へ行きましょう。美玖ちゃん、タクシーを呼んで」

「大丈夫だ！　呼ばなくていい。美玖、冷やすものをくれ」

「パパ、病院で診てもらったほうがいいよ」

「いや、こんな顔で行ったら、警察沙汰《ざた》になりかねない」

継父は借金をしている弱みがあるから、表沙汰にできないのだ。

「月乃、頼む……今月中に卓也君と結婚すると言わなければ、今度は美玖を……」

「私？　私がどうかしたの？」

困惑したように首を傾《かし》げる美玖ちゃんに、口を滑らせた継父は押し黙り、私も何も言えなかった。

やっぱり、これ以上引き延ばすことはできないの……？

その時、静まり返る部屋にスマートフォンの振動する音が聞こえてきた。

私のコートのポケットに入っているスマートフォンからだ。

震える手でポケットをまさぐり、振動がやまないそれを手にしてみると、林原さんの名前があった。

それを見た瞬間、ドクンと心臓が大きく跳ねた。

手の中で切れることなく振動している。

「月ちゃん……？」

美玖ちゃんの当惑する声に我に返り、通話をタップしてスマートフォンを耳に当てる。

「林原さん、なぜこんなひどいことを！」

声が震えて聞こえませんように。

すると、向こうから乾いた笑い声が聞こえてくる。

《あなたが本気にならないからですよ。光本《みつもと》さんと血の繋《つな》がらない月乃さんは、いつ逃げ出してもおかしくない》

「逃げません！　今月いっぱい待ってくれるって言ったじゃないですか」

《男がいるのに？》

バカにしたような、何も信じていない声色だ。

「え？」

《先日お伺いした時に、あなたの部屋に盗聴器を仕掛けさせていただきました。話の内容から電話の相手は男だとわかりました。今日のデートはさぞ楽しかったでしょう》
「盗聴器を仕掛けた……？」
私の行動がバレていたんだ……部屋に盗聴器を仕掛けられていたなんて。どうしてもっと注意しなかったの？
《お相手の男なんてすぐに調べられますよ。そいつをズタズタにしてやってもいい》
「やめてくださいっ！　お願いですから……」
私が懸念していたことが現実になってしまった。
《それなら、今から指定するホテルへ来てください》
ホテルへ？
体が硬直して、金縛りにあったみたいに動けなくなる。
《婚姻届を用意して待ってる。今夜、月乃さんは僕の妻になるんだ》
「ま、まだ二日あります！」
《もう二日待っても同じでしょう？　逃げることばかり考えて結果、返事ができない》
「でも待ってくれると――」
《男がいるのでは話は別ですよ。僕は焦《あせ》っているんでね》

胸がぎゅっと締め付けられて呼吸が苦しい。

美玖ちゃんへ視線を向けると、困惑した表情で私を見つめている。

継父はいつの間にかおなかを抱えるように丸まっているので、腹部も強く殴られているのかもしれない。やはり病院で診てもらわなければ……。

今日の幸せいっぱいのデートの記憶が泡となって消えていく。

彬斗さん……。

「……わかりました。お継父さんを病院へ連れていってから、そちらへ伺います」

《見知らぬ外国人に殴られたとでも言っておいてください。では、待ってますよ》

通話が切れ、ガクッとその場にへたり込む。

「月ちゃん!」

美玖ちゃんが駆け寄り、私の肩に触れて支えてくれる。

「そちらへ伺いますって?　どういうこと?」

「話し合ってくる。お継父さんのことよろしくね。病院へは一緒に行くわ」

「行っちゃだめ!　こんなひどいことをする人なんだよ?」

泣きそうになる美玖ちゃんに、安心させるように笑みを浮かべて見せる。

「大丈夫よ。林原さんは亡くなった奥様に似た私と結婚したいらしいの。ひどいことなんてされないわ」

こんなの強がりだ。どんなことをされるのか想像するだけで身震いがしてくる。

「それでもっ!」

「早く病院へ行きましょう。タクシーを呼んでくれる? 部屋に行ってくるから」

ソファにいる継父へ視線を向けると、先ほどよりもぐったりしていた。

タクシーを降りて、歩行がおぼつかない継父を支えながら、夜間救急の入り口に向かう。

「パパ、もう少しだからね」

痛みに顔を歪める父親を美玖ちゃんが励ます。

夜間救急の受付に到着すると、医者がすぐに駆け寄ってきた。医者は怪訝《けげん》そうな表情になる。

「どうしたんですか?」

私が答えようとする前に、継父が先に口を開き「見知らぬ外国人に殴られたんだ」と嘘《うそ》を吐《つ》いた。

医者は一瞬疑わしげな表情を浮かべたが、すぐにプロフェッショナルな態度に戻り、

「わかりました。すぐに治療を始めます」と言って、継父を処置室へと案内した。

「お継父さんのこと、お願いね」

「月ちゃん……」

「明日連絡するから」

そう言って、美玖ちゃんに笑顔で軽く手を振って、夜間救急の出口から外へ出た。

これから向かわなければならないと思うと、心臓は激しく鼓動し、恐怖と不安が胸を締め付ける。

行かなきゃ……。

自分を奮い立たせ、タクシーを捕まえに通りまで足を運ぶ。夜の冷たい風が頬を撫《な》でぶるりと震える。

時計を見ると、二十二時三十分を過ぎていた。

彬斗さんと別れたのは二十一時。あれからまだ一時間半しか経っていないなんて……。

タクシーを捕まえ、指定された新宿《しんじゅく》のホテルへ向かった。

車内で手を握りしめ、涙がこぼれそうになるのを必死に堪えた。

彬斗さんと浩太郎《こうたろう》さんの調べていることが無駄にならなければいい。違法カジノを摘発して、きっと林原さんを捕まえてくれる。

だけどその時には、私は林原月乃になっている……。

何か気を紛らわせなければと、スマートフォンに入っている楽しくて幸せだったエジプト旅行の写真を見ながら恐怖と戦い続けた。


タクシーが指定された新宿のホテルのエントランスに止まった。

支払いを済ませて後部座席から降りるとき、地面につけた足がガクガク震えていてどこかに掴まらなければ歩けないかもと思うくらいに。

深呼吸を大きく何回かして気持ちを少し落ち着けると、ロビーに向かってなんとか歩き始める。

遅い時間にもかかわらず、宿泊客なのだろうか、外国人が何組かソファで話をしている。

3008号室……。

エレベーターに乗って、震える足でなんとか言われた部屋の階へたどり着いた。

心臓が激しく鼓動し、足取りはまるで鉛のように重い。

廊下の静寂が一層不安を煽《あお》り、林原さんとの対峙を恐れる気持ちが増していく。

指定された部屋の前にとうとう来てしまった。

心の中で恐怖と戦いながら、チャイムへ手を伸ばした瞬間、背後から腕を掴《つか》まれた。

驚きと恐怖で悲鳴を上げそうになるが、その手は意外にも温かく優しくて、それと同時に大好きな香りがふわっと鼻をくすぐった。

「しっ、俺だ」

振り向くと、そこには彬斗さんが立っていた。

どうしてここに？　と、困惑する私は隣の部屋へ連れていかれる。

ドアがピッタリ閉まった次の瞬間、彬斗さんの力強い腕の中に閉じ込められていた。

「彬斗さん、なぜ？　どうしているんですか？」

「震えているじゃないか。些細なことでも連絡をくれと言っただろう？　いや今の状況は些細なことじゃないな」

眉は心配そうに寄せられ、目には深い憂いと優しさが混じり合っていた。しかし、その口元はきゅっと結ばれている。

彼の目はまっすぐに私を見つめ、その中には愛情と同時に厳しさが込められていた。

「ごめんなさい。どうしても連絡ができなかったんです。帰宅すると、継父が林原さんにひどく殴られていて、そこへ電話がかかってきて最後通告でここへ来るように言われて……」

「かわいそうに。怖かっただろう……」

「……はい。でも決心しなければならなくて。彬斗さんは、どうしてここへ？」

「月乃のバッグにGPSを入れさせてもらった。今夜、奴の違法カジノは摘発された。そこにいた者ひとり残らず捕まえたから、奴は知らない。奴は刑事に尾行されていたから、ここに泊まることもわかった。奴のことだ、女と待ち合わせているのだろうと考えていたら、月乃がこのホテルに向かっているのがわかったんだ」

「そうだったんですね……」

そこへチャイムが鳴り、ドアが開いて大柄な男性が現れた。

「月乃、彼が浩太郎だ」

「はじめまして。月乃さん、大変だったね。もう大丈夫だから」

若干厳《いか》つく見える彼はにっこり笑うと大型犬のような雰囲気《ふんいき》になる。

「浩太郎さん、すみません。助かりました」

「これから奴を捕まえる。警察がホテルのルームサービスに変装して待機している」

「ルームサービスを頼んでいるのでしょうか？」

「いや、そこが問題なんだ。警戒して頼んでいないからと言って、ドアを開けないいかもしれない」

「……ドアを開けさせればいいんですよね？　私がチャイムを押します。そこで入れ替われば、捕まえられるのではないでしょうか？」

「月乃、君にそんなことをさせられない」

彬斗さんが顔をしかめて首を左右に振る。

「でも、私であれば林原さんはドアを開けます。やらせてください」

「彬斗、月乃さんに身の危険はないとは言い切れないが、警察が必ず守る。やってもらおう」

浩太郎さんに言われて、数秒思案した彼は渋々頷《うなず》く。

「君は勇気がある。あと少しで決着がつくから」

彼の目には決意と優しさが混じり合い、私の心に深い安心感をもたらした。

部屋を出ると、隣の指定された部屋のチャイムを震える手で押した。

やはり怖い。

心臓が激しく鼓動し、冷たい汗が背中を伝った。ドアの向こう側から足音が近づいてくるのが聞こえ緊張はピークに達した。

ドアがゆっくりと開かれ、林原さんの冷たい目が私を見下ろす。その瞬間、怖さに一瞬息を呑《の》んだが、すぐに背後から刑事たちがドアを大きく開き飛び込んできた。

「警察だ！　動くな！」

刑事のひとりが叫《さけ》び、林原さんは驚きと恐怖で後ずさりした。私はその場から一歩引いて刑事たちが林原さんを取り押さえる様子を見守った。

彼は抵抗しようとしたが、刑事たちの迅速な動きに圧倒され、あっという間に手錠をかけられた。そして悪態をつきながら部屋から連れていかれる。

その光景を見つめながら、ほっとするあまり、その場にくずおれそうになる。

そこへ力強い腕が回され、彬斗さんが抱きしめてくれる。

「もう大丈夫だ、月乃。君は自由だ」

彼の声が耳元で響き、安堵《あんど》の涙があふれ出て言葉にできずにコクコク頷いた。


あっけない逮捕だった。

もう終わったんだ……と、心の中で何度も繰り返し、これまでの恐怖と不安が一気に解放されるのを感じた。

これまでの大変だった日々を思い返した。

林原さんからの脅迫や継父への暴力や借金に対するプレッシャー、そして自分自身の無力感。

すべてが心を重く押し潰《つぶ》していたが、彬斗さんと知り合えて事態は好転し、彼には感謝してもしきれない。

「彬斗さん、本当にありがとうございました……浩太郎さん、迅速に動いてくださったおかげで林原さんの逮捕までこぎつけられました」

浩太郎さんは少し照れくさそうな笑みを浮かべて口を開く。

「月乃さんが姿をくらましたことで、彬斗が俺にかける圧力がすごかった。まあそのおかげで捜査しやすくなり警察も動くことができました。ただ……お継父さんの罪は免《まぬが》れない。明日、病院へ警察が向かう」

「お継父さんは……仕方ないと思います」

美玖ちゃんは悲しがるだろう。けれど、私がいる。

「じゃあ、俺はこれで」

もう一度お礼を伝えると、浩太郎さんが部屋を出て行った。

浩太郎さんがいなくなり、今は彬斗さんとふたりきりでいられることが信じられない思いだ。

少し前は絶望していたのに。

「月乃、今後のことは俺に任せてほしい」

「彬斗さんは多忙なのに……」

「大丈夫。君を守るためならなんでもすると言っただろう？」

彼の優しい言葉に張り詰めていた糸が一気に緩み、涙がこぼれ落ちる。

そんな私を彬斗さんが胸に閉じ込めて抱きしめてくれた。

気持ちが落ち着いたところで、美玖ちゃんに電話をかけて事情を説明すると、泣きじゃくる声が聞こえてきた。

《つ、月ちゃ……ん、ほん、本当に？　無事なんだね？》

しゃくり上げながら尋ねる美玖ちゃんに、母が亡くなった時のことを思い出した。

継父の症状は深刻ではないもののかなりの打撲があり、医者に経過観察したいと言われ入院させてきたそうだ。

それから美玖ちゃんはひとりで自宅に戻り、心細い思いをしていたはず。

継父に関しては明日になれば、警察が行くと浩太郎さんが言っていた。

「これから妹さんを迎えに行って、ふたりでホテルに泊まったらどうだろうか？」

「え……？　今から……？」

「ああ。こんなことがあったから家でひとりでいては心細いだろう。うちの近くのホテルに部屋を取るから、ふたりでゆっくりするといい。明日は日曜日だし」

住み慣れた家だが、部屋に盗聴器を仕掛けられているので、林原さんが捕まったとはいえ気持ち悪い。

あとで盗聴器を探し出してくれる業者を見つけなければ。

「わかりました。ホテルに泊まることにします」

「では自宅へ行こう」

彬斗さんと部屋を出る。ロビーに下りてエントランスへ歩を進め、少しして彼の車が車寄せに止まる。

バレーサービスのスタッフが運転席から降り、私たちは車に乗り込んだ。

車を待つ間、彬斗さんはホテルに電話をかけて部屋を頼んでいた。

自宅に到着し、玄関の鍵を解除する。彬斗さんも車から降りて一緒についてきてくれている。

「ただいま」

玄関を開けた途端、駆け寄って来た美玖ちゃんが私に抱きつく。

「月ちゃん、本当によかった……すごく怖かったんだから！　え？」

美玖ちゃんはパッと私から離れて、うしろにいる彬斗さんを驚いた顔で見る。

「あなたは……あの時のイケメン！　そうですよね？　絶対に間違いないはず」

カイロの空港で一瞬会っただけなのに、彬斗さんの顔を美玖ちゃんは覚えていた。忘れられないほどかっこいい人なのだ。

「西宮《にしみや》彬斗です」

「月ちゃん、どういうこと？」

美玖ちゃんが当惑した顔で、私を注視する。

「詳しくは後で話すから、今日はホテルに泊まりましょう」

「ホテルに？」

キョトンとなって首を傾げる。

「そう。なんだか、落ち着かないでしょ。彬斗さん、リビングで待っててくれますか？　今用意してきます」

「あ！　そうだった。あの林原って人に盗聴器を仕掛けられたって電話で話していたもんね」

「盗聴器が？」

美玖ちゃんの言葉に彬斗さんが眉根を寄せる。

「はい……、あとで業者を探して頼みます」

「それについても浩太郎が詳しいから、彼に頼もう」

「助かります。何から何まですみません」

「当然のことだ。じゃあ、用意してきて」

彬斗さんがリビングのソファに座るのを見て、興味津々の顔をした美玖ちゃんと一緒に二階へ行った。


彬斗さんが連れてきてくれたのは五つ星ホテルで、チェックインを終えた彬斗さんとともに部屋へ行くと、そこはスイートルームだった。

「彬斗さん、五つ星ホテルでさえ、私たちには高級すぎるのにスイートルームだなんて……それに、こんな夜遅くのチェックインで大丈夫だったのでしょうか……？」

美玖ちゃんは初めての超がつくくらいの豪華な部屋に、びっくり眼《まなこ》でキョロキョロしている。

「ここのホテルはわが社がパーティーで利用しているから、融通を利かせてくれる。空いている部屋を借りられたんだから、ホテル側としても利益になる」

「でもここの支払いを――」

「そこは気にしなくていいから。明日の十五時頃迎えに来る。あ、ルームサービスは二十四時間だから自由に頼むといい。スイートルームの特権だ。迎えに来るまでゆっくり休んでるといい」

　私の言葉をさえぎったのち、彬斗さんが笑みを浮かべる。

「でも、お継父さんのところへ行かなければ」

「お継父さんは明日、警察がいったん署に連れていくことになっている。終わったらいったん釈放されると思うから会えるよ」

　美玖ちゃんにはまだすべてを話していなかったので、驚きの声を上げる。

「ええっ、パパが!?」

「驚くよね。美玖ちゃん、すべて話すね。彬斗さんはもう遅いので戻って早く休んでください」

「ああ。じゃあ、月乃。美玖ちゃん、おやすみ」

　彬斗さんは私たちに挨拶《あいさつ》をすると、部屋を出て行った。

「月ちゃん、西宮さんのことびっくりしちゃった」

「カイロ考古学博物館でばったり会ったの。いろいろ案内してくれて。私も帰国してから彼がサファエナジーのCEOだって知ったんだけど。スマートフォンの番号を変えたから、事故にでも遭ったのではないかと心配してくれて捜し出してくれて」

「単なる友人じゃないよね？　西宮さん、月ちゃんのこと驚くくらい優しく見てるもの」

「美玖ちゃんにこんなこと言うのは恥ずかしいけれど、彬斗さんを愛している。彼も私を愛してくれているの。もう遅いから、バスタブに湯張りしてくる」

バスルームがあると思われるほうへ歩を進めた時、美玖ちゃんに呼び止められ振り返る。

「月ちゃんってば顔が真っ赤！　いいな～、愛してくれる人ができて。心からおめでとう。お母さんもきっと喜んでくれていると思う。彬斗さんは最高に素敵な人だから」

「そうだね。喜んでくれているね」

「わーぉ、のろける月ちゃんなんて初めてよ」

「もうっ、からかわないの」

身内に好きな人の話をするのが恥ずかしくて、いそいそと美玖ちゃんから離れた。

時間が遅いこともあり、美玖ちゃんと一緒にラグジュアリーなバスルームのバスタブに浸かった。

「スイートルームってすごいね。西宮さんはすごいお金持ちみたい。ポンとスイートルームを借りてくれるんだもん」

そう言いながら、美玖ちゃんは泡をすくって腕に撫《な》でつける。

父親のことは気にかかるが、彼女はわざと明るく振る舞っている気がする。

「彬斗さんの会社はエジプトの発掘調査隊を援助しているの。彼自身も考古学に詳しくて、話していると時間を忘れてしまうくらい楽しいわ」

「……今回のことさ」

「ん?」

あらたまった表情になった異父妹《いもうと》に続きを促す。

「月ちゃんは私を守ってくれようとしたんだね。それにしてもパパは最低よ。ギャンブルって怖いね」

「お継父さんは林原さんに騙されたんだと思う。歯止めが利かなくなるくらい、勝たせて甘い汁を吸わせてから負けさせる。それを繰り返していると、ギャンブルから抜け出せなくなるんじゃないかな」

「パパはこれからどうなっちゃうんだろう……会社のお金を着服って、横領ってことでしょ」

「……そうだね。私にもどんな罪になるのかわからない」

しんみりしてしまい、もう午前二時近くになるのでのんびりもしていられず、髪と体を洗い終えるとバスルームをあとにした。

月曜日は自宅の盗聴器を探すため会社を休んだが、四月に入った新年度の火曜日からは出社した。

盗聴器はリビングルームとキッチン、私の部屋に仕掛けられていた。

すべて浩太郎さんが手配した業者に見つけてもらえた。

林原さんは逮捕されているが、盗聴器があるままでは落ち着けなかったので、作業が終了すると胸を撫で下ろした。

林原アミューズメント社には警察が入り、会社や自宅、車内など、犯罪の証拠となり得る場所を捜索し、事件の証拠となる物を差し押さえた。

社長である彼の父親は違法カジノとは無関係で、数人の社員が関わっていたが首謀者は林原さんだった。

お継父さんには彬斗さんが弁護士をつけてくれたが、賭博罪や横領罪など罪は軽くはないようだ。今はまだ警察の留置所に入っている。

次第に温かく春らしい陽気になった四月中旬の土曜日。

私と彬斗さんは光本建設の会議室で並んで座りながら、父が社長を務める建設会社の問題解決に取り組んでいた。

会社は継父の五千万円の横領で深刻な経営危機に陥《おちい》っていた。

継父を慕ってくれていた重役たちのショックは大きく、申し訳ない気持ちでいっぱいだ。

社員たちを無職にさせないため、彬斗さんが買収を持ちかけてくれた。

会社を存続させるために役員たちはその決定に賛同し、私はその言葉に安堵したものの、彼に迷惑ばかりかけて複雑な気持ちが胸に広がる。

「買収後、新しい社長を選出します。これにより、会社の信頼回復と再建を図ります」

彬斗さんは自社から新しい社長候補を用意していて、その人物の経験と実績が評価されていた。

「新しい社長は信頼性があり、公正な経営を実践できる人物です。彼のリーダーシップのもと、光本建設は再び成長するでしょう」

さすが、サファエナジーのＣＥＯだ。圧倒的なカリスマ性と統率力や切れる頭脳で、会社の問題に取り組んでくれて感謝しかない。

光本建設を後にして、彬斗さんは虎ノ門《とらのもん》の自宅へ車を走らせる。

「本当にありがとうございます。これで継父も安心できると思います」

継父は現在、拘置所に入っている。

面会は何回か美玖ちゃんと行ったが、合わせる顔がないと言ってまだ会えていない。

弁護士さんからの話では、継父は林原さんが逮捕されたことと自身も罪に問われたことで、長い間夢を見ていた気がすると言っていたそうだ。

それがいつからなのかは聞いていないが、おそらく母が亡くなった五年前からではないだろうかと思う。

彬斗さんのマンションに到着し、彼は私をリビングルームに招き入れて、優しく微笑む。

大きな窓からは温かな日差しが降り注いでいる。

「ようやく落ち着ける」

「はい。二月からジェットコースターに乗っているみたいな出来事が続いていたので」

「月乃、君がどれだけ大切か、どれだけ愛しているか、言葉では表せないよ」

彬斗さんの言葉は私を幸せな気分にしてくれ、胸が温かくなり微笑み返した。

「コーヒーを淹《い》れてくる。ソファに座ってて」

「あ、私が」

「いいから。役員たちの前で疲れただろうから」

役員からどんなひどい言葉を言われようがかまわないと思っていたが、意外にもそれはなかった。だが、やはりそれでも気持ちは始終張り詰めていた。そばに彬斗さんがいてくれたから平常心を保っていられたのだ。

少しして、彬斗さんがコーヒーを持って戻ってきた。その瞬間、突然吐《は》き気が襲ってきた。

手で口を押さえ、急いで立ち上がった。

「月乃、どうした？　大丈夫か？」

彼はトレイをセンターテーブルに置くと心配そうに駆け寄り、私の肩に手を置く。

なんとか気持ち悪さがなくなるように、深呼吸を繰り返す。

「ごめんなさい、急に気分が悪くなって……」

言いながら、ふと気づいた。

「そういえば、生理が遅れている……でも……」

あの時、彬斗さんは避妊をしてくれていたはず。

その言葉に彬斗さんはさらに心配そうな表情を浮かべる。

「もしかして」

「でも、あの時は――」

「避妊具は百パーセントじゃない。病院に行こう。俺の子がおなかにいるのかもしれない」

林原さんの子どもかもという疑いなど一切なく、断言した彬斗さんに感謝しながら、心の中で新たな不安と期待が入り交じるのを感じた。


病院の診察室に座り、医師を前にして心臓が高鳴っていた。

「妊娠七週目です。予定日は十二月四日ですね」

医師が微笑みながら告げた瞬間、彬斗さんの顔に喜びの表情が広がった。

「月乃、おめでとう」

「まだ……信じられないですが、本当なんですね」

医師から差し出されたエコー写真に小さな姿が映っている。

私のおなかに新しい生命が宿っていることに深い感動を覚えた。

医師は喜ぶ私たちに微笑み、次のステップについて説明を始めた。


診察が終わり、私たちは病院を出て、再び彼の家へ向かった。

運転をしながら彬斗さんは何度も「信じられない、本当にうれしい。父親になるんだ」と呟き、そのたびに私も笑顔になった。

家に到着すると、彬斗さんは私をリビングルームに招き入れ、ソファに座るよう促した。

センターテーブルの上には先ほどのコーヒーとカフェオレが置かれたままだ。

「ちょっと待ってて」と言ってトレイを持ってキッチンへ向かい、しばらくして戻ってきた彼の手には、小さな箱が握られていた。

彬斗さんはソファに座る私の前にしゃがむと、片膝を床につけてまっすぐ私を見つめる。

「月乃、プロポーズできるこの瞬間をずっと待ってた」

箱を開けて美しい指輪を見せた。夜空のような色の台座の上にキラキラ輝くダイヤモンドが鎮座している。

「君を心から愛している。これからもずっと一緒に歩んでいきたい。キラキラした瞳をいつまでも俺に見せてほしい。月乃、俺と結婚してくれないか？」

涙があふれ、言葉にならない感情が胸に広がった。

「はい、もちろん……本当に、私でいいのでしょうか……」

「もちろんだ。今日、プロポーズするつもりで会社から来てもらったんだが、思わぬプレゼントで最高の気分だよ」

感動で涙があふれ出て、彬斗さんの首に飛びついて抱きしめた。

彼は私の両頬に手を添えて泣き顔を見つめる。

「必ず幸せにしてみせる」

そう言って、唇を重ねて甘く蕩《とろ》けるようなキスをした。

「そうだ。指輪を」

ソファに私を座らせ彬斗さんも隣に腰を下ろすと、エンゲージリングを左手の薬指にはめてくれた。

「びっくりするくらい素敵な指輪です……」

大きなダイヤモンドが輝き、その美しさに息を呑《の》む。

繊細なプラチナバンドに大きなダイヤモンドが完璧なカットで光を反射し、まるで小さな星が指に宿ったかのようにきらめいている。

「彬斗さん、本当にありがとう……」

彼の温かい手が私の指を包み込む。

「月乃、これからもずっと一緒に」

彬斗さんが優しく微笑みかけると、私の心は彼の愛情に包まれ、この瞬間を一生忘れられないと思った。


その日の夕食にプロポーズする予定だったとのことで、彬斗さんがフレンチレストランのシェフを招いていた。

だけど、プロポーズだけでなく妊娠の報告もできるからと、彼は美玖ちゃんも夕食に誘い、十八時過ぎに彼女はニコニコして現れた。

玄関からリビングルームに移動しながら、美玖ちゃんは部屋の豪華さに驚いている。

「すごいマンションなんでびっくりしました。この前のホテルにも近いんですね。けど、ふたりのデートにお邪魔じゃないですか？」

「今日は君に報告があるんだ」

「報告……？」

美玖ちゃんが彬斗さんの隣に立つ私を見遣《みや》る。

「もしかして！　月ちゃん、結婚するの？」

「今日、彬斗さんにプロポーズされたの」

「わ！　月ちゃん、おめでとう。西宮さん、お義兄《にい》さんになるんですね。おめでとうございます」

「ありがとう。食べながら話そう」

彬斗さんはリビングの奥にあるダイニングテーブルに案内する。

アイランドキッチンの向こうにはコック帽にシェフコートを着た男性がいて、テーブルの横には黒いベストとスラックスの男性が立っている。

まさかシェフと給仕の人がいるとは思ってもみなかった美玖ちゃんが呆気《あっけ》に取られている。

「お義兄さん、想定外すぎてもうなんて言ったらいいのか……」

「美玖ちゃん、座って」

六人掛けのテーブルで、美玖ちゃんの隣に私が座り、対面に彬斗さんがいる。

キャンドルの柔らかな光がリラックスした雰囲気を醸し出しており、食事が始まる。

このあと車で送ってくれるため、飲み物はノンアルコールのスパークリングワインで乾杯する。

もちろん私は妊娠しているので、ノンアルコールしか飲めない。

前菜には、彩《いろど》りが美しい野菜のテリーヌが運ばれてきた。

鮮《あざ》やかな料理に美玖ちゃんが喜んでいる。

続いて、メインディッシュにはフォアグラのソテーとトリュフソースが添えられ、口の中で蕩《とろ》けるおいしさに美玖ちゃんが感動している。

悪阻《つわり》もなく、おいしく食べられている。

デザートが運ばれ、シェフと給仕の人は帰っていった。

三人だけになって、妊娠したことを話す。

「美玖ちゃん、実は……私たち、赤ちゃんを授かったの」

すると、美玖ちゃんの顔が一瞬驚きで固まったあと、パッと喜びの表情に変わった。

「本当？　月ちゃん、すごいわ！」

彼女は大きな声で叫《さけ》び、うれしそうに私の手を握りしめた。目には涙が浮かび、彼女の本心からの喜びが伝わってくる。

「月ちゃんもお義兄さんも、本当におめでとう！」

だけど「でも……」口ごもる。

「どうかしたの？」

「え？　ううん。なんでもない。赤ちゃんも婚約本当にうれしいよ！　エンゲージリングも素敵っ。ハイブランドの宝飾店のだね？　よく見せて！」

美玖ちゃんは私の左手を持ち上げると、顔の前へ持って来てじっくり眺《なが》めた。

彼女の「でも……」は、おそらくひとりぼっちになってしまうことの不安なのだろうと推測する。

継父はまだどのくらいで戻って来られるのか決まっていないので、それも心配なのだろう。

できるだけ美玖ちゃんの意見を聞き入れて寄り添いたいと思っている。

「……美玖ちゃんには寂しい思いをさせてしまうね」

「え？　ううん。だって家族が増えるんだもん。寂しいわけないいじゃん。絶対に甘い叔母さんになるんだから」

心の中は不安でいっぱいのはず……。

私が憂慮していると、彬斗さんが「美玖ちゃん」と呼ぶ。

「よかったら、隣に引っ越して来ないか？　ここからだったら大学へ行くにもそれほど遠くない」

彬斗さんの言葉に首を傾けて視線を向ける。

「え？　隣に？」

「そう。ここのマンションの三階に2LDKが3ルームあるが、どれも使っていない」

彬斗さんのこの家は5LDKと広く、ウォークインクローゼットもそれぞれあって、大家族でもゆうに暮らせるほどだ。

「でも、家賃が高いはずです。たとえ彬斗さんが出してくれると言ってもそこまで甘えるわけにはいきません」

「家賃はかからないよ」

「かからない……？」

さらっと言われて、美玖ちゃんと顔を見合わせる。

「ああ。このマンションのオーナーは俺だから。元々祖父から継いだ土地で家が建っていたんだが、両親が亡くなった際、ここを低層階マンションにしたんだ」

「もう……びっくりです」

私はまだまだ彬斗さんに驚かされそうだ。

「美玖ちゃん、隣でひとり暮らしするのはどうだろうか？　精神的に窮屈かな？」

「そ、そんなことないですっ。隣に住めるなんて心強いし、うれしいです。でも、本当に甘えてしまっていいんですか？」

「もちろん、君は俺の義妹《いもうと》になるんだから。俺は出張も多い、妊娠している月乃がひとりだと心配だし、子どもが生まれてからもね。隣に美玖ちゃんがいてくれれば安心できる。ウィンウィンの関係だろう？」

彬斗さんは麗しく笑みを浮かべると、美玖ちゃんが「はぁ～」とため息を漏《も》らしてから口を開く。

「月ちゃん、素敵な人と巡り会って幸せだね」

「私もそう思う」

「俺は月乃に出会えて幸運だったよ。同じ価値観のある女性とは、一生かけても会えないこともある」

「私と彬斗さんとでは価値観はかなり違うはずです。今日だって、シェフを呼んで食事をするなんて、とても贅沢《ぜいたく》なことですし」

「そういう価値観ではなく、物事を見る目とでも言うのかな。俺はルクソールで熱心に古代の遺跡を見学する君に惚《ほ》れたんだ。君は俺にピッタリの人だ」

見つめ合う私たちに、美玖ちゃんが大げさなため息を吐《つ》く。

「もう当てられっぱなし。デザートおかわりしちゃおうかな」

そう言って、テーブルの端に並んでいるケーキとフルーツに顔を向けた。

翌週の土曜日、ようやくまゆとの都合がつき、代官山《だいかんやま》のカフェで待ち合わせをしていた。

暖かい一日で、ライトブルーのカーディガンのアンサンブルとそれよりも濃いブルーのAラインスカートで、席に着いてまゆが来るのを待っていた。

すると、窓の向こうからまゆが大きく手を振っているのが見えて、振り返す。

二月にここでまゆと待ち合わせた時は、継父から林原さんの縁談話をされた日で困惑していたのを思い出す。

「月乃、お待たせ！　いつも早いんだから。それにしても元気そう。今日は手を振り返したね。お見合いはどうなった？　エジプトは楽しそうだったね」

長袖の白いカットソーとジーンズ姿のまゆは対面に座ると、矢継ぎ早に喋《しゃべ》る。

「ふふっ、いろいろあったの。まずはお料理頼もうか」

スマートフォンでメニューを開き、私たちは前回と同じクラブハウスサンドとオムライスに決めた。

「飲み物は？」

まゆに聞かれ、デカフェのカフェオレを頼む。

「デカフェ？」

そう言いながら、スマートフォンをタップして注文を終わらせて顔を上げたまゆの目の前に左手を出す。

「ええっ？　ちょ、ちょっとこれ、エンゲージリングよね？　めちゃくちゃダイヤが大きいんだけど。っていうか縁談がまとまったの？」

「うーん。いろいろあったの」

この期間にあった継父や林原さんの件、エジプトで彬斗さんと出会った話をしているうちに、料理が運ばれてきた。

「食べながら話そう」

「……うん」

継父の話をしているので、まゆは狼狽《ろうばい》している。

「そんな顔をしないで。今はとても幸せなの。お継父さんのことは残念だけど。あのね、赤ちゃんを授かったの」

「だからデカフェだったのね！　そうか～エジプト旅行が転機になったんだね」

クラブハウスサンドを手にして、まゆがにっこり笑う。

「私が彬斗さんのような人に愛してもらえるなんて、本当に幸運だと思う」

「でもさ、帰国した時つらかったね。しかし、お継父さんはひどいんじゃない？　犯罪者と結婚しろだなんて」

まゆが顔をしかめる。

「もう済んだことだからいいの。このことがあって彬斗さんと巡り会えたのかもしれないし」

「はぁ～月乃は寛大な心の持ち主だわ。私だったら、帰国して逃げていたかもしれないもの」

「あ、お土産を渡さなきゃ」

アラバスター製のピラミッドの置物やラクダの革で作ったスリッパ、パピルス製のヒエログリフが書かれたしおりなどが入った袋を渡す。

アラバスターは大理石の一種で、雪花石膏《せっかせっこう》とも呼ばれる半透明の石材で加工がしやすいそうだ。

まゆはお土産を喜んでくれて、いつかエジプトへ行くと言っていた。

五月晴れの空は透き通った青さが広がり、陽の光が温かく降り注ぐ。周囲の草木が緑を増してその鮮やかさが目を楽しませてくれる。

そんな清々しい気候になったゴールデンウィークに、私は彬斗さんのマンションへ引っ越した。

目黒《めぐろ》の自宅は人に貸す段取りをしている。

家賃収入は貯めておき、継父が出所後生活できるように取り決めた。

引っ越しが終わってから、区役所に婚姻届を提出するため車で向かう。

区役所の入り口を見上げると、心には様々な思い出が浮かんだが、今は幸せでいっぱいだった。

「行こうか」

彬斗さんが優しく微笑みかけてくれ、私も笑顔を向けた。

区役所では受付の職員が温かく迎えてくれるが、一大イベントに心臓がドキドキしてくる。

職員が書類を確認し、満面の笑みで「おめでとうございます」と声をかけてくれた。

その瞬間、私は彬斗さんの妻になり、幸せで目頭が熱くなった。

結婚式は継父の件があるのでやらないことに決めているが、彬斗さんが私のウエディングドレス姿を見たいと言ってくれているので、結婚写真を撮ることになっている。

同じ日に隣に引っ越した美玖ちゃんはラグジュアリーな家具に囲まれて、新しい生活を楽しんでいるようだ。

大学費用や生活費は彬斗さんが援助してくれるものの、アルバイトを続けて少しでも返したいと言って貯金している。だが、彬斗さんは返してもらうつもりはないと私にだけ話してくれた。

甘やかされてわがままだった彼女は、今では別人のようになり頑張っている。

驚くことに、料理をしたことがなかった美玖ちゃんが、ネットで調べたり私に聞いたりしながら自炊をしている。

本当にこの数カ月で大人になったと実感している。

五月の中旬の土曜日、先週の水曜日からドバイに出張した彬斗さんが十九時頃に帰国する。

和食を食べてもらおうと朝から料理をしていた。

大きな鍋で煮込んでいるのは肉じゃがで、美玖ちゃんにも食べてもらえるようたくさん仕込んだのだ。

彼女は今、学業とアルバイトで忙しい毎日を送っていて、少しでも手伝いができたらと思って他にも作り置きできるメニューを料理している。

おいしそうな匂いがキッチンに広がり、料理の仕上がりに満足して笑みを深める。

保存容器に肉じゃがや煮物、さらにおひたしや卵焼きなどを詰め込んだ。

「美玖ちゃん、喜んでくれるかな……」

今日は十五時からアルバイトだと言っていたので、まだ部屋にいるはずだ。

荷物を持って玄関を出て隣に向かう。

チャイムを押すと、すぐに美玖ちゃんの明るい声が聞こえてきた。

「月ちゃん、入って」

「これからアルバイトでしょう。作り置きのおかずを持ってきたの。少しでも役に立てればいいなと思って」

ショッパーバッグを美玖ちゃんに渡すと、「すごくうれしい」と喜んでくれる。

「自立しなきゃって思うのに、つい甘えちゃうね」

「妹なんだから甘えるのが当然よ」

「ありがとう。赤ちゃんはどう？　月ちゃんこそ仕事続けているし、こうして料理も作るし、無理しないでね。お義兄さんが心配するから」

「うん。順調だし、悪阻もほとんどないの」

たしかに彬斗さんは心配性なところがあって、忙しいのに出張先から毎日連絡をくれる。

「じゃあ、戻るわね。いってらっしゃい」

「はーい。ありがとう」

美玖ちゃんが廊下に出て見送り、自宅の前で振り返り手を振った。

隣に住むように提案してくれた彬斗さんには心から感謝だ。


「おかえりなさい。おつかれさまでした」

「ただいま。体調はどう？」

玄関でドバイから戻ってきた彼を迎える。

彬斗さんはシルバーのキャリーケースを大理石の土間の上に置くと、私のおでこにキスを落としてから私の顔をじっと見る。

「ど、どうしたんですか？」

「いや、月乃の顔を見るとほっとする。最近毎回思うが、家で君が待っていると思うと無性に帰りたくなる」

「ふふっ、お仕事はちゃんとしてくださいね」

彬斗さんは笑いながら「手厳しいな。ああ、いい匂いがする」と言って、一緒にリビングルームへ向かう。

「和食が食べたいかなと思って、肉じゃがを作ったんです」

「いいね。着替えてくる」

彼は部屋のほうへ向かい、私はキッチンへ。

料理を楽しんでいるが、妊娠中であることを忘れず、少しずつ休みながら進めている。

ほうれん草の胡麻和えができたところで、彬斗さんが近づいてきてうしろから腰を抱く。

「無理はしないでくれ。君は今、おなかの中に大切な命を宿しているんだから」

彬斗さんの手のひらが、まだ平らな腹部に優しく当てられる。

「大丈夫です。ちゃんと休みながらやっていますから」

振り返りにっこり笑うのに、彼の目にはまだ心配の色が見える。

「本当に大事にしてほしいんだ。君も赤ちゃんも、俺にとっては何より大切だから」

「うん。ありがとう、彬斗さん。これからはもっと気をつけるようにしますね」

妊婦は病人じゃないし、ごく普通の生活をしていればいいのだが、彬斗さんの心配は尽きないらしい。

こんな風に、彬斗さんのような素敵な旦那様に愛されている私は幸せ者だと思う。

「俺が運ぼう」

「では、これをお願いします」

皿に盛り付けた肉じゃがや銀だらの煮つけがトレイに載っている。

「わかった」

彬斗さんはトレイを軽々と持って、アイランドキッチンから出てダイニングテーブルのプレイスマットの上に並べ、また戻って来ては運んでくれる。

「ありがとうございました。彬斗さんは家庭的なんですね」

テーブルに着いて笑みを浮かべる。

「自分でも知らなかったが、そうらしいな」

そう言って、フッと口元を緩ませる。

「たぶん、月乃限定だよ」

甘い言葉に返す言葉もなく、頬に熱が集まってきてグラスの水を飲む。

そんな私を見て、彬斗さんは楽しそうに笑った。

妊娠期間中、彬斗さんの優しさに支えられて毎日幸せに過ごし、おなかが目立つようになってからも仕事を続けていたが、七カ月目で仕事を退職し、新しい命の誕生を心待ちに生活をしている。

それからは彼や美玖ちゃんにも手伝ってもらい出産準備を整えた。

おなかの赤ちゃんは順調に育ち、予定日の三日早く十二月一日の夕方、無事に男の子を出産した。

痛みと戦ったあと、赤ちゃんの泣き声が響いた瞬間、胸には言葉にできない喜びと安堵が広がり、そばにいた彬斗さんも深く息を吐いて胸を撫で下ろした様子だった。

「よく頑張った。月乃。かわいい赤ちゃんだ。ありがとう」

彼は私の汗ばんだ頬をそっと撫でて、幸せそうな笑みを浮かべた。

その後、アルバイト上がりに病室に駆けつけた美玖ちゃんも、赤ちゃんの姿を見て大喜びしてくれた。

「月ちゃん、お義兄さん。おめでとうございます！　なんてかわいい赤ちゃんなの！　宣言どおり、甘い叔母さんになるからね」

新生児用のベッドで眠っている赤ちゃんを見て、「起きてくれないかな」と言いつつも、触れるのに躊躇《ちゅうちょ》している。

「手を握ってみて。とても小さいでしょう」

彼女はおそるおそる紅葉のような手に人差し指をそっと乗せると、握り返されて笑顔になる。

「……パパも喜んでくれるね」

「そうだね。写真を入れて手紙を送ろうか」

刑期は弁護士さんのおかげで三年になったが、いまだに私たちとの面会は拒絶されていた。

だけど、判決が下ったあとに継父から手紙をもらった。

私に申し訳ないと謝る言葉が長々と綴《つづ》られ、愛する人ができてよかったとも書かれていた。そして美玖ちゃんをよろしく頼むとあった。

継父の反省がよくわかる手紙だった。

今は体調もよく、与えられた仕事をしながら、日々の反省と過去を思い返す毎日のようだ。

孫が生まれて喜んでくれるといい。

エピローグ

「ママー」

愛息子《まなむすこ》が私を呼びながら、十メートルほどの距離の砂地を一生懸命に走ってくる。

「悠君《ゆう》！　気をつけてね！」

五年前に生まれた息子は悠斗《ゆうと》と名付けられ、現在は四歳。幼稚園の年中になった。

「月乃《つきの》、転んでも砂地だから怪我《けが》はしないよ」

発掘調査隊のリーダーと話を終えた彬斗《あきと》さんがいつの間にか隣に来ていた。

汗をかいている悠斗が私たちの前に到着した。

「みて！　パパ、ママ。ハッサンといっしょにほったら、でてきたの」

手のひらには五センチ四方ほどの遺物があった。

「すごいわね」

「うんっ！　ぼくうれしいよ！」

悠斗が暑さや砂ぼこりの立つ発掘現場を嫌な顔をせずに、むしろ楽しんでいる光景を見るのは私たちにとって至福の時だ。

「もっと、ほってくる！」

「あ、ちょっと待って」

すぐに行こうとする悠斗を引き留めて、ハンカチで汗を拭《ふ》いてから肩に提げていたバッグから水筒を出してミネラルウォーターを飲ませる。

悠斗はゴクゴクと飲むと、遺物を私に手渡して、先ほどの場所に戻っていく。

私たちはルクソール近くの発掘現場に来ていた。

幼稚園の夏休みに合わせたので、最高気温が三十七度にもなる八月に訪れることになった。発掘現場ではもっと気温が高い。

それまでも年二回ほど彬斗さんの出張時についてきていたが、こうして悠斗が発掘調査隊に混ざって掘るのは初めてのことだ。

歴史の息吹を感じられる場所に、愛息子を連れてこられて彬斗さんも私もうれしい。

広大な砂漠の中に広がるこの場所は、エジプトの古代文明が眠る地であり、無数の遺跡や遺物がまだまだ隠されている。

発掘調査隊は、こんな暑さの中、慎重に作業を進めていてあらためて大変な仕事だと思う。

「君のガラベーヤを着た姿を見ると、俺たちが出会った時のことを思い出すよ」

今日の私は、かつて彬斗さんが値切り、私が購入した水色のガラベーヤを着ていた。

こちらへ来た時しか着ないせいもあるけれど、丈夫なエジプト綿でまだまだしばらく着られそうだ。

「出会った時のことが懐かしいです。あれからもう五年も経ったなんて……」

彬斗さんが仕事に集中できるよう家のことを任せてもらい、夢中で悠斗を育てる充実した五年間だ。

美玖《みく》ちゃんは二十四歳になり、サファエナジーの広報部で働いている。CEOの義理の妹だからではなく、彼女が勉強して実力で試験に受かったのだ。

継父《ちち》は三年間の刑期を終えて出所し、ワンルームマンションで暮らしている。

出所後に三人で会ったが、継父はかなり瘦《や》せていた。私たちを見て、泣き崩れていた。

それからは時々悠斗の顔を見に来る。以前とはガラリと変わった仲のいい関係になっていた。

夕方、ルクソールのホテルに戻り食事を済ませてから、彬斗さんが悠斗をお風呂に入れてくれる。

ナイル川が見渡せるラグジュアリーなスイートルームだ。

眠そうな悠斗を引き取ってタオルにくるみベッドへ連れていく。

「ママ、ぼくみっつもみつけたんだ。ハッサンがすごいってほめてくれたんだよ」

「よかったね。ママも見つけた時、とてもうれしかったのよ」

話しながらタオルで体を拭き終えて、パジャマを着させる。

「ママもほったことがあるの？」

悠斗が瞳を輝かせているのを見て、笑顔になる。

「パパが掘らせてくれたの。とてもワクワクしたわ」

「ぼくとおなじだね」

そう言った悠斗は大きなあくびをして、なんとか眠るのを我慢させ髪の毛を乾かしてからベッドに入れた。


私がバスルームから出ると、彬斗さんはテラスのソファで白ワインを飲んで夜風とルクソールの空気を楽しんでいた。

「彬斗さん、ここへ来ると水を得た魚のように生き生きしますね」

隣に座ってにっこり微笑《ほほえ》む。

「そうだな……最高の時間だ」

彬斗さんはそう言いながら、空いているワイングラスにきりっと冷えた白ワインを注ぎ、ワインクーラーに戻す。

一口飲んで、ふぅと至福のため息を漏《も》らす。

ライトアップされたナイル川を眺《なが》めながら、愛している人と一緒にこうして過ごしているのは神様に感謝しかない。

「素敵《すてき》な夜ですね」

「ああ。悠斗は遺跡に興味が出てきている。教えるのが楽しいよ」

「私たちが好きな土地に悠君が興味を示してくれるのがうれしいですね。あの夢中な顔、彬斗さんにそっくりです」

もう一口白ワインを喉に通す。

「いや、瞳をキラキラさせている姿は月乃、君にそっくりだよ」

「ふふっ、私たち親バカですね」

「そうだな。まだまだ親バカでいたいものだ。月乃、君に似た女の子がほしい」

「え？」

彬斗さんへ顔を向けると、顎をとられ彼の顔が近づいてくる。輪郭がぼやけるほどの至近距離になって唇が重なった。

私の腕は彼の首に回る。

白ワインの混ざったキスは濃密な口づけになっていく。

「……私に似た女の子ができるかわからないけれど……家族を増やしたい」

「悠斗を授かったように、今回も……」

彼は立ち上がると、私をソファから抱き上げて口づけを交わしながらベッドルームに向かった。

END

あとがき

今作をお手に取ってくださりありがとうございました。

古代エジプトのロマンをたっぷり？　書かせていただきました。執筆しているとその場にいるような気分になるのが不思議です。

皆様が月乃になった気持ちで楽しんでくだされば幸いです。

今回の渡航先は読者様からのリクエストで実現しました。ありがとうございました。どこか気になる海外先がありましたらお声をかけてください。ＳＮＳや編集部へのリクエストなどで。お待ちしております。

美麗な彬斗と月乃を描いてくださったのは、れの子先生です。以前にも素敵なカバーを手掛けてくださりありがとうございました。

出版するにあたりまして、ご尽力くださいました編集部の皆様、この本に携わってくださいましたすべての皆様に感謝申し上げます。

若菜モモ

マーマレード文庫

最後の思い出に一夜を共にしたら、
極甘CEOの滾る熱情で最愛妻になりました

2025年1月15日　第1刷発行　定価はカバーに表示してあります

著者　若菜モモ　©MOMO WAKANA 2025
発行人　鈴木幸辰
発行所　株式会社ハーパーコリンズ・ジャパン
東京都千代田区大手町1-5-1
電話　04-2951-2000（注文）
0570-008091（読者サービス係）
印刷・製本　中央精版印刷株式会社

Printed in Japan ©K.K. HarperCollins Japan 2025
ISBN-978-4-596-72219-5

乱丁・落丁の本が万一ございましたら、購入された書店名を明記のうえ、小社読者サービス係宛にお送りください。送料小社負担にてお取り替えいたします。但し、古書店で購入したものについてはお取り替えできません。なお、文書、デザイン等も含めた本書の一部あるいは全部を無断で複写複製することは禁じられています。
※この作品はフィクションであり、実在の人物・団体・事件等とは関係ありません。